U0562386

GREEK
MYTHOLOGY
FOR CHILDREN

希腊神话全书

全6册

古城与命运

〔希腊〕莫奈劳斯·斯蒂芬尼德斯 (Menelaos Stephanides) 著
〔希腊〕雅尼斯·斯蒂芬尼德斯 (Yannis Stephanides) 绘
彭 萍 等译

中国出版集团
中译出版社

GREEK MYTHOLOGY FOR CHILDREN

by Stephanides Brothers

著作权合同登记号：图字 01-2021-1120 号

图书在版编目（CIP）数据

希腊神话全书 ： 全6册 / （希）莫奈劳斯·斯蒂芬尼德斯著 ；（希）雅尼斯·斯蒂芬尼德斯绘 ； 彭萍等译. 北京 ： 中译出版社, 2024. 7. -- ISBN 978-7-5001-7728-9

Ⅰ. I545.73

中国国家版本馆CIP数据核字第2024U6E746号

希腊神话全书（全 6 册）

XILA SHENHUA QUANSHU (QUAN LIU CE)

出版发行　中译出版社

地　　址　北京市西城区新街口外大街 28 号普天德胜大厦主楼 4 层

电　　话　(010) 68005858，68359827（发行部）68357328（编辑部）

邮　　编　100088

电子邮箱　book@ctph.com.cn

网　　址　http://www.ctph.com.cn

出 版 人　乔卫兵

总 策 划　刘永淳

策划编辑　赵　青　朱安琪

责任编辑　黄亚超

文字编辑　赵　青　马雨晨　朱安琪

装帧设计　黄　浩　潘　峰

排　　版　北京竹页文化传媒有限公司

印　　刷　北京瑞禾彩色印刷有限公司

经　　销　新华书店

规　　格　880mm × 1230mm　1/16

印　　张　88.25

字　　数　891 千字

版　　次　2024 年 7 月第 1 版

印　　次　2024 年 7 月第 1 次印刷

ISBN 978-7-5001-7728-9　**定价：368.00 元（全 6 册）**

作 者 序

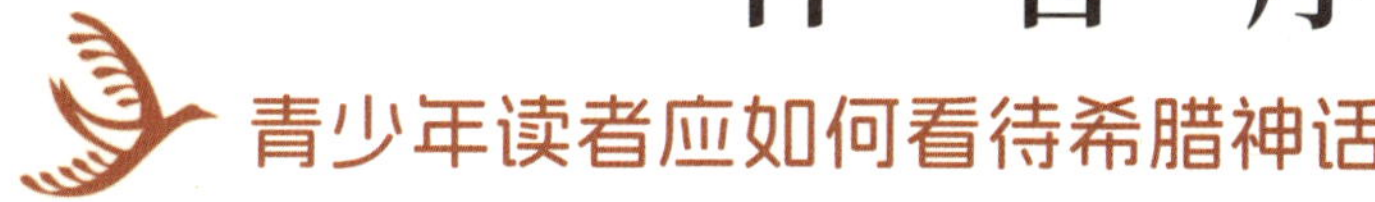

青少年读者应如何看待希腊神话

在远古时代，人类像小孩子一样喜欢神话故事。由于当时无力抵抗各种自然力量，人们过着难以想象的艰苦生活。可怕的自然力量在人类的世界横行无忌，一不留神就会遭受灭顶之灾。但与此同时，自然界雄伟壮美的景色又常常使他们心醉神迷，让人类对生活充满热情。

为了增加对现实生活的了解，希腊先民们苦苦搜寻着给他们带来恐惧和欢乐的自然现象的内在原因。由于科学知识的限制，他们寻求解释的种种努力总是以失败告终。因此，人们只好依靠想象力继续探索，这种想象力任意驰骋，创造出成百上千情节丰满、情感激荡的动人故事。而这些故事从某种程度上来讲，往往折射着先民们现实生活的艰辛，故事内核则涌动着一股强烈的悲情。

如此，便产生了神话和神话学。

对我们当今的读者来讲，神话里充满了传闻与幻想，它们似乎都是一些虚无缥缈的神仙故事。事实并非如此，在这些曲折、离奇的故事背后，隐藏着先民们曾经历过的、真实且永恒的事件。实际上，每一个民族的神话中，都可以窥见这个民族在古代生活的真实点滴，并且以他们自己的所见所闻和能够阐释的形式表现出来。更为重要的是，我们可以从中找到古人对人性、生活和宇宙本质的洞察与见解。

希腊的土地上，诞生了古老民族中体系最庞大的神话。希腊人出于对壮丽山河、日常生活和一切美好事物的热爱，创造了自己独特的神话。希腊人崇敬那些神话中的英雄群体，崇敬他们依靠丰富想象力所创造出来的神灵——奥林匹斯山上的众神。希腊神话具有诗歌般的隽永意境，诸神又展现出超脱或世俗的特质，他们的言行蕴含着古老的道德观念及价值观念。

希腊神话历经数千年的口耳相传，原本存在于普通人心目中不朽的众神最终都会消失，为希腊神话故事所替代，完整地保存在各类哲学、历史、文学和艺术著作中。古往今来，灿若繁星的哲学家、史学家、文学家和艺术家从中汲取营养，取得了卓越的成就，留下浩如烟海的传世佳作。

因此可以说，希腊神话是西方文明不朽的源头活水。即便在今天，希腊神话仍然指导着不同年龄的读者理解美和善的含义。正是这种美和善以及希腊神话的可爱之处，促使我们尽心尽力改编、出版了这套图文并茂的青少年读物。

这套神话作品是专门为青少年设计的，历经 25 年的精心编写和打磨，目的是为青少年朋友们提供一套具有指导和教育意义的读物。同时我们也想使它成为一套能培养青少年优秀品格的图书，促使青少年远离市面上那些看起来有诱惑力但内容庸俗、浅薄的读物。

为了达到这一目的，我们采取了适当手法，把神话引入现实生活，而又不违背原作的内容和古典风格。我们清醒地认识到，高质量的插图不仅能吸引孩子们去阅读，而且能使他们对神话本身有更生动、更直观的了解，有助于在他们心中留下难以磨灭的印象。

对文字的处理，需要特别仔细、认真。将神话故事编成引人入胜的读物，则需要作者有深厚的文字功底。毫无疑问，我们已经尽心尽力。为了使这套《希腊神话全书》（全 6 册）具有教育价值，作者必须有正确的指导原则。

首先，那种认为希腊神话不适合青少年阅读的观点是片面、武断的。我们认为，希腊神话蕴含极其丰富的教育意义。有人说，希腊神话描述了某些天神言行中不公正的现象，不适合孩子们阅读。我们的观点恰恰与此相反。

希腊先民们根据他们生活中的现实素材创作了神话，在那个艰难困苦的远古时代，实际生活中的不公正现象比比皆是。如果我们用动听的言辞去美化那些不公正的现象，那才是不可取的，也是我们着力避免的。

还有人说，希腊神话之所以在人文教育领域占有一席之地，只是因为它有幸流传下来。这个观点也过于简单。具有永恒魅力的作品应归功于那些与荷马一样有出众才华的诗人，这与那些为了其他目的而编造的低俗神话毫无共同之处。

以上述观点作为指导思想，我们在浩如烟海的不同版本的神话作品中进行筛选，剔除了那些低级庸俗、违背现代教育宗旨的作品。我们发现，所有那些比较有意义的神话都很符合现代教育的需要。为此，我们深感欣慰。

我们编撰工作的最高目标是为了开发、弘扬希腊神话中丰富的优秀遗产，同时我们也尽量避免那种自以为是的说教腔调。我们沿袭着古希腊伟大剧作家的足迹，从希腊神话中选取素材，描述值得全世界推崇的、具有首选价值的故事。我们改编、出版这些神话故事的最根本原因和动力，是我们心里永远想着青少年读者。

我们不能要求每个孩子，尤其是年龄较小的孩子，都能理解这些深刻的思想。但是，即使他们不能完全理解，他们对某些情感和真谛还是能明白的。蕴含在神话中的寓意，实际上能增加青少年的阅读兴趣，促进他们对现实社会的理解。至于能否快速理解其中的深层含义，也没有太大关系，我们充分相信青少年读者的理解能力，并且鼓励他们从文字中获得探寻的乐趣。

我们的做法在多大程度上能使读者受益，只有请读者自己来做评价。

斯蒂芬尼德斯兄弟（Stephanides Brothers）

目　录

第一章

卡德摩斯建立忒拜城

亲爱的读者们，你们还记得米诺斯的母亲欧罗巴吗？与她相关的神话故事还没结束。

国王阿革诺耳得知女儿欧罗巴被掳走以后，十分悲痛，下决心要想尽一切办法找回女儿。于是他召见了三个儿子——菲尼克斯、基利克斯和卡德摩斯，并对他们说：

“听清我的命令。丧失爱女之痛我已不能承受，只有把她找到，我才能找回平静。你们身强力壮，去找遍天涯海角，直到找到欧罗巴并把她带回来为止。找不到就别回来。如果你们空手而归，我会让你们后悔的。”

三位王子便兵分三路，带着各自最忠诚的仆人，踏上寻找欧罗巴的征途。

菲尼克斯南下寻找，却毫无头绪，一无所获。很快，菲尼克斯就失去了希望，放弃了寻找。由于害怕回去面对父王，菲尼克斯便待在了搜寻地，开始了自己的统治。从那以后，这片土地被称为“腓尼基”。

基利克斯北上搜寻，但结果与菲尼克斯一样。他也待在了搜寻地，统治的国度得名“西里西亚”。

然而，阿革诺耳的小儿子卡德摩斯和他的两个哥哥不同。对他而言，父王的命令具有神圣的约束力。卡德摩斯的力量和勇气超乎常人，他下定决心要实现这一不可能完成的任务，以便妹妹能和家人团聚。然而，卡德摩斯并不知道将欧罗巴藏起来的是宙斯，所以，他的所有努力注定会功亏一篑。

卡德摩斯带着一支忠诚的队伍向西航行，数天后，他们来到了遥远的克里特群山。

卡德摩斯说道：“我们必须在这儿登陆，开始搜寻。”

船长答道：“我们甚至都不能靠近这座岛，有个让人闻风丧胆的巨人日夜看守着这座岛。只要他看见外来船只，便会扔石头，把船击沉。也正因为如此，我觉得欧罗巴不可能在此，我们还是从别处开始搜寻吧。”

于是，他们便离开了这座岛，继续西行，到达了希腊。

卡德摩斯一个城市一个城市地进行询问，但没有获得一点和欧罗巴藏身之地有关的信息，直到有人告诉他："只有先知皮西亚能告诉你欧罗巴在哪儿，去德尔斐神庙的阿波罗神殿问问吧。如果还没有收获的话，你就只能接受永远见不到欧罗巴的事实了。"

几日后，卡德摩斯来到了德尔斐神庙，询问在哪儿并且如何才能找到自己的妹妹。阿波罗神殿的回复如下："阿革诺耳之子，放弃无谓的搜寻吧，因为你永远也找不到欧罗巴。但是在朝霞灿烂的黎明时刻，请立即动身去寻找培拉贡国王的牛群，在那里你会找到一头母牛，牛身两侧有月亮形状的标记，让那头牛带领你，当它筋疲力尽倒地时，就把它献祭给大地母亲，将其鲜血洒向你新的家园。你将在那儿修建一座坚固无比的城堡，为其取名'卡德摩亚堡'，城堡脚下有座街道宽阔的城市，得名为'忒拜'。"

卡德摩斯意识到是宙斯不想让他找到欧罗巴，所以，第二天天蒙蒙亮的时候他就起程去寻找皮西亚所说的那头牛。不久，卡德摩斯就找到了培拉贡国王的牛

群。牛群中果真有一头母牛，身体两侧有月亮形状的标记。这头母牛似乎知道自己的任务，它走动了起来，卡德摩斯也紧随其后。母牛朝东出发，一刻不停地穿过整个福基斯城，到达维奥蒂亚后，它才筋疲力尽地躺下来，在草地上休息。

卡德摩斯感谢阿波罗神殿给予的帮助，亲吻新家园的土地，然后和随从一起搭建了祭坛，为大地之母献祭那头神圣的母牛。但献祭还需要水，卡德摩斯便打发仆人去找水。

很快，仆人就在一个山洞里发现了一股泉水，开始装瓶。就在此刻，一条可怕的巨龙破石而出，它那丑陋的脑袋伸到仆人中间，将他们撕为碎片。

卡德摩斯等不来仆人，便循着他们的踪迹来到了那个洞穴，发现他们已经倒地身亡。突然，他听到了令人毛骨悚然的嘶嘶声，便迅速回头，看到那条可怕的巨龙正抬头准备发起攻击。

卡德摩斯迅速搬起一块大石头朝那条龙扔去，但那条龙的鳞甲比石头还硬，竟然毫发无损。然而，这一挫折并没有让卡德摩斯产生丝毫退却之心。卡德摩

斯抓起长剑，穿透了巨龙的鳞甲，刺入了它的脊柱。顿时，一切天翻地覆，这头可怕的巨龙痛苦地翻腾着，身体撞向石头，乱石纷飞，龙尾扫向树木，将其横腰斩断。卡德摩斯迅速从一侧移动至另一侧，以避开巨龙的挣扎，后来他找到机会，用尽全力将利剑插入这头怪兽的喉咙，将它钉在一棵巨大的老橡树上。尽管橡树又高又大，但巨龙垂死挣扎，橡树砰然倒地，卡德摩斯敏捷地跳到了一边，没有受伤。突然间，一切都静止了，那条可怕的巨龙终于死了。

看着自己杀死的怪兽，这位勇敢的年轻人不敢相信自己的眼睛。他吃惊地站了一会儿后，取了水，独自将牺牲者的尸体搬了出来。完成后，他把胳膊举向天空，高声呼喊道："我虽然不知道是谁在帮我，但我确信某位神给予了我杀死怪兽的力量，因为没有人能够凭一己之力杀死那头怪兽。我十分感谢那位不知名的神。"

话音刚落，智慧女神雅典娜就出现在他面前。

这位碧眼女神对他说道:“天助自助者，这场战争的胜利由你独自获得。不过我得警告你，这头龙是战神阿瑞斯的儿子，如果将来某一天他找你报仇，你会为此付出代价，但这也合乎情理。现在，听清楚了，去把那条龙的牙齿一颗颗拔下来，然后把它们种在土地里，即刻去做，不要问我原因。”

话刚说完，女神便消失了。

卡德摩斯不知道自己为什么要做这种没有意义的事，但他还是按照女神的命令做了。他刚种完巨龙的牙齿，地里就冒出了一些奇怪的嫩芽。很快，一切都清楚了，这些嫩芽不是别的，而是长矛的尖。不一会儿，长矛旁边长出了头盔，头盔旁长出了战士的头，最后，全副武装的士兵完全从土里冒了出来，举着盾，佩着剑。

看着眼前出现的新敌人，卡德摩斯正打算拔剑，但还没摸到剑鞘，一名士兵便叫道:“别动你的剑，阿革诺耳之子，我和其他人将会为你战斗。”

话一说完，拔地而起的士兵之间就爆发了一场野蛮的战争。剑矛相对，士兵们一个接着一个身亡，倒在刚刚赐予他们生命的土地上。

在这场激烈的战斗中，只有五人幸存，他们是最骁勇善战的。他们友好地伸出手，向卡德摩斯屈膝，并发誓将永远效忠于他。他们被称为“斯巴尔托”，在希腊语中的意思是“种出来的人”，这是因为他们来自卡德摩斯种下的巨龙牙齿。

在斯巴尔托的帮助下，阿革诺耳之子建造了卡德摩亚堡，在城堡下建造了忒拜城，从此以后，这座城市一直沿用这个名字。

卡德摩斯是位开明且受爱戴的国王，他教导人民热爱精致的艺术品，为人民创造了第一个字母表，被称为“卡德摩斯字母”。

卡德摩斯治理有方，制定公平律法，实施和平统治，既没有战争，也没有侵略。由斯巴尔托统领的强大军队守卫着这片土地的和平以及他的人民。

卡德摩斯迎娶了美丽的哈耳摩尼亚，她是爱与美的女神阿佛洛狄忒的女儿。他们的婚礼十分盛大，众神带着丰厚的礼物出席，辉煌无比。据说，后来建造

忒拜市场的地方就是他们举办婚礼的地方。奥林匹斯山上的诸神也参加了婚礼，阿波罗用自己的竖琴为这对新婚夫妇弹奏乐曲，甚至如今的人们都能指出当年缪斯女神是在哪儿唱了《爱美丽，勿爱丑陋》这首永恒的歌。

只有两位神祇缺席了婚礼：战神阿瑞斯与厄运女神厄里斯。阿瑞斯没参加婚礼是因为卡德摩斯杀了他的儿子，也就是那条龙；厄里斯没参加是因为她不能接受那些真心相爱的人。

与其说这是一场难忘的盛大婚礼，不如说，在那一刻，神灵和凡人联姻成一对夫妇，他们带着世间最伟大的爱相结合。

多年来，卡德摩斯和哈耳摩尼亚相亲相爱，幸福快乐地生活并统治着自己的国家。他们不仅为忒拜，还为整个雅典树立了婚姻的典范。当时的年轻人结婚时，亲朋好友都会送上“希望你们能像卡德摩斯和哈耳摩尼亚一样相亲相爱”的祝福。

虽然卡德摩斯和哈耳摩尼亚的爱年复一年，但他们并不是终生幸福。他们四个女儿中的两个——塞墨勒和伊诺，因遭到女神赫拉的嫉妒而失去了生命。

卡德摩斯相信这些悲惨的死亡经历都和阿瑞斯有关，他不会原谅自己杀死了那条龙。于是，卡德摩斯把王位传给了孙子彭透斯，然后和哈耳摩尼亚起程前往遥远的北方，以免后代再遭遇什么不幸。

但即使在流浪途中，等待他们的也只有痛苦和苦难。他们得知，毫无过错的孙子亚克托安也在阿尔忒弥斯女神的愤怒中遇害。

遭到诸神惩罚的卡德摩斯十分痛苦，他想起了屠龙那天雅典娜的话：“如果将来某一天他找你报仇，你会为此付出代价，但这也合乎情理。”

“如果这就是我屠龙后必须付出的代价，那我情愿自己变成这样的恶龙，而不是让我的子孙后代遭受惩罚！”

话还没说完，卡德摩斯就感觉自己的身体变细了，鳞甲从皮肤长出来，他的头变成了狭长的楔形，舌头分成两瓣，男性声音也变成了嘶嘶声，最终他变成了一条蛇。

哈耳摩尼亚既绝望又孤独，她不想和丈夫分离，便乞求诸神也把她变成一条蛇，诸神同意了。

在度过了充满荣耀和幸福的青春后，他们的晚年充满了痛苦和磨难。卡德摩斯和哈耳摩尼亚变成两条蛇，拖着身体在石头之间穿梭，这对夫妇原来是诸神的宠儿，现在却遭受一切人神的鄙视。他们曾经十分相爱，并且慷慨地付出爱，帮助过无数人，连只苍蝇也不愿意伤害，现在却被迫吞下苦果，痛苦又绝望，没人知道原因。他们死后，得到了诸神的同情。他们的灵魂没有前往幽暗的地狱，而是到达了既没有痛苦又没有悔恨的福地。

多年之后，一名男子北上搜寻，他的名字叫伊利里俄斯，是卡德摩斯和哈耳摩尼亚的小儿子。伊利里俄斯出于对父母的爱，决定寻找父母的坟墓，但未果，便在他们去世的地方进行统治。从此，他统治的国家便叫作“伊利里亚”。

第二章

孪生兄弟泽托斯与安菲翁

虽然卡德摩斯建立了忒拜城，修建了卡德摩亚城堡，但是忒拜的七扇城门是他的后裔——孪生兄弟泽托斯和安菲翁——修建的。

这两兄弟和他们的母亲安提俄珀的故事，奇特又充满了戏剧性。

安提俄珀是忒拜国王倪克透斯的女儿，她美丽动人，甚至得到了宙斯的爱慕。他们结合后生下了孪生兄弟泽托斯和安菲翁，他们的故事在没出生前就开始了。

安提俄珀一感觉到孩子在她腹中活动，想到父亲会因此大发雷霆便忐忑不安。她的父亲向来令人畏惧，愤怒使其更加可怕。

倪克透斯心肠很硬，不久前他还拒绝让安提俄珀嫁给西库昂年轻的国王厄帕福斯，只是为了在年老时得到女儿的慰藉！现在，安提俄珀能说什么呢？“自己孩子的父亲正是宙斯？”说出来倒是容易，但父亲会相信她吗，还是会杀了她？即使没有杀她，她难道能够永受屈辱吗？

安提俄珀自言自语道：“唯一能够听我倾诉实情的人就是厄帕福斯，他会理解我、帮助我的。”

夜晚，安提俄珀偷偷溜出父亲的家，长途跋涉后到达了西库昂。

厄帕福斯开心地收留了安提俄珀并立即迎娶了她。现在，安提俄珀可以毫无顾忌地生下孩子了。

但正当这对夫妻沉浸在重聚的喜悦中时，一名信使慌慌张张地跑进来说：“忒拜的军队正朝着西库昂行进，领军人是倪克透斯和他的兄弟吕科斯，他们已经穿过了科林斯地峡！”

厄帕福斯立即准备亲自迎战忒拜国王，安提俄珀急忙阻止他，乞求他将自己交给倪克透斯，但是厄帕福斯并没有答应。

她叫喊道：“我宁愿离开你也不愿见你死去，我的爱人！”

厄帕福斯不顾安提俄珀的乞求，毅然前去挑战她那冷酷的父亲，结果二人都在战斗中死去。

吕科斯带领忒拜大军进入西库昂，带走了安提俄珀，回到忒拜后成为国王。

但新任王后狄耳刻是个恶毒的女人，内心对安提俄珀充满了憎恨。

她警告丈夫："听着，吕科斯，必须隐瞒安提俄珀怀孕的事，因为如果有人知道真相的话，忒拜城就不一定是我们的了。"

"那你建议怎么办呢？"国王问道。

这位狠毒的王后回答："把她交给我吧，我知道应该怎么处置她。"

狄耳刻把安提俄珀锁在一个阴暗的地牢里，年轻的安提俄珀就在这里生下了宙斯的儿子：泽托斯和安菲翁。

一听到孩子出生的消息，狄耳刻就立刻残忍地把孩子从他们母亲手里夺了过来，装在篮子里，叫来国王最可靠的仆人。

她命令道："带走这些小鬼，爬上泰隆山，把他们放在你能找到的最阴暗、最荒凉的山坡上。我不是让你杀了他们，让诸神决定他们的生死吧，我可不想在自己的地盘上为谋杀罪负责。"

这些话很虚伪，因为狄耳刻十分确信一旦把这些婴儿丢在山坡上，他们不久便会死去，或者被狼吃掉。

处理完婴儿，狄耳刻便吩咐另一名仆人给安提俄珀带上粗重的铁链，设两层牢门，这样她就永远也逃不掉了。

但宙斯不会遗弃自己的孩子。即便狄耳刻很谨慎地选择仆人，诸神还是让这名仆人拥有慈悲和公正之心。他见证了女主人的残忍，对安提俄珀那毫无抵抗能力的孩子充满同情。在泰隆山高高的山坡上，他发现了一名善良的牧羊人，向他坦白自己是王后狄耳刻派来的，要把孩子丢弃在山坡上任其生死。牧羊人听到这些后，很同情这些小家伙，表示愿意带走他们，并把他们当成自己的孩子抚养。

仆人说道："现在我可以放心了，因为我确信我把这些无助的小生命留给了一位善良诚实的人。你要知道，他们的母亲是安提俄珀，她是倪克透斯国王的女儿，也是西库昂国王厄帕福斯的王后，两位国王在战争中杀死了对方。"

牧羊人问道："那么安提俄珀现在身在何处呢？"

仆人说道："我本不该和你说这些，虽然我见到过很多不公平的事发生，我也没透露一丝一毫，但这件事已经超出了我的承受范围。安提俄珀现在被锁在地牢里，不见天日，虽然她没做什么伤天害理的事。最糟糕的是，她的孩子是被夺走的，她以为他们已经永远地消失了。我求求你，好心的牧羊人，为了我的安全，替我保守这个秘密，我对你说的所有事只能你知我知，请向我保证，这些孩子永远也不会知道自己母亲的身份。”

仆人得到承诺后，便返回了忒拜城，告诉王后，他已经完成了王后下达的命令，现在，那些婴儿肯定已经被狼吃掉了，狄耳刻听完舒了一口气。

在善良的牧羊人的照顾下，这两个孩子在泰隆山上逐渐长大。牧羊人用山羊奶和野蜂蜜喂养他们，让他们叫自己“父亲”，给他们取名为“泽托斯”和“安菲翁”。等到他们开始懂事时，牧羊人便告诉二人，他们的母亲被强盗掳走，目前不知道是死是活。

在山上，泽托斯和安菲翁成长为两名健康的年轻人，虽然他们是双胞胎，人们可能也会觉得他们长得很像，但事实上，他们的性格完全不同。

泽托斯有着宽阔的肩膀，身形雄伟，他酷爱打猎，甚至最危险的猎物也不能令他畏缩；安菲翁则热爱音乐和诗歌，他弹奏的琴弦发出的音符能让牧群忘记吃草，他会在山坡上一连坐几个小时，玩着唱着，直到天黑。他的音乐十分美妙，触动了鸟儿的心房，驯服了凶猛的野兽，甚至他周围的石头都会为之动容。

他们尽管有很多不同点，却有一个相似之处：都心地善良。他们不仅深爱彼此，而且还十分尊敬牧羊人，他们认为牧羊人 就是他们的亲生父亲。

二十年过去了，在泽托斯和安菲翁长大成人的同时，安提俄珀仍被关在暗无天日的地牢里，狄耳刻也继续享受着她自认为可以永远享受到的皇家特权。

但实际上，宙斯从来没有忘记他的两个孩子，忒拜城的王位应当由他的两个儿子继承。于是在某一天，牢门的栅栏突然掉了下来，牢门自动打开，安提俄珀手上的铁链也松开了，她终于自由了。

安提俄珀步履蹒跚，挣扎着走向牢门，紧张地向外张望，视线范围内没有一个人，这正好给了她勇气。希望的力量驱使着她，她用尽所有力气径直向泰

隆山逃去。虽然很不可思议，但她逃离的方向正是自己孩子的藏身之处！

牧羊人独自一人在茅屋中，安提俄珀乞求他的帮助，告诉了他自己的身份以及可怕的遭遇。很快，泽托斯和安菲翁回家了，这位可怜的牧羊人抑制着自己的情绪，因为他知道站在他面前的这位伤心的母亲失去了自己的孩子，并且不知道他们的下落，但他什么都不能说，因为很久以前他就做出了许诺，所以现在必须遵守。

“如果我说出这个秘密，不知道又会有什么新的灾祸降临忒拜城。”牧羊人自言自语道，就在这时，愤怒的狄耳刻王后冲进了茅屋。

她大声喊道：“卑鄙无耻之人！牢狱之灾是诸神对你的惩罚，现在你的死期到了！”

她随即命令泽托斯和安菲翁将安提俄珀绑在野牛角上，想让野牛把她撕成碎片。

王后继续发话：“她罪责深重，我本该把她处死，而不是把她关在牢房里。她以为自己能够逃脱，但是诸神让我找到了她，让她落到我的手里，现在我

命令你们两位年轻人，帮我处罚罪有应得的她。”

泽托斯和安菲翁低着头，什么也没说。

狄耳刻尖叫着说：“行动啊！你们没听见我的话吗？忒拜城的王后命令你们，按照我说的做！服从我的命令，因为这是诸神的意愿！”

这对双胞胎兄弟不知道要怎么拒绝这种卑劣的行为，也不知道眼前这个女子就是自己的母亲，他们心情沉重且不情愿地把手伸向这名陌生女子。

但正当这时，牧羊人跳着脚喊道：“可怜的孩子们啊！你们知道王后让你们杀的人是谁吗？是你们的亲生母亲啊！”

“你撒谎！”狄耳刻尖叫着。牧羊人说着打开了一个箱子，拿出当年双胞胎被带到泰隆山时用的篮子，他们当时穿的衣服还在篮子里放着。

“我的儿子们啊！”安提俄珀啜泣着跑过去拥抱他们。

“叛徒！”狄耳刻嘘声说道，转身就走，“我的人会回来收拾你们的！”

年老的牧羊人此刻充满了勇气，他紧紧地抓住狄耳刻的胳膊，朝两位年轻人喊道:“现在轮到我下命令了！把刚才这个女人对你们无辜的母亲施加的惩罚施于她自己身上！”

接着，泽托斯和安菲翁抓住狄耳刻并把她绑在了牛角上，狄耳刻最终被撕成了碎片。

伸张正义之后，牧羊人对双胞胎说:“我的儿子们啊，这是我最后一次这样叫你们了，因为我不是你们的亲生父亲。你们的母亲会告诉你们亲生父亲的身份。现在是你们回到忒拜城的时候了，卡德摩斯的王位等着你们，推翻吕克斯这个暴君的统治，解放这座城市，这是我最后一次以父亲的身份给你们忠告。现在，带着我的祝福离开吧。我会继续待在这儿，我生于此，长于此，老于此，所以也希望死在这里。”

就这样，泽托斯和安菲翁带着他们的母亲回到了忒拜城，推翻了暴君吕克斯的统治，成了忒拜城的国王。

他们面临的首要任务就是完善忒拜城的防御工程。卡德摩斯在卡德摩亚具有防御作用的山脊上修建了城墙，但只是为了保护上城卡德摩亚。而且，从卡德摩斯统治时起，卡德摩亚脚下的那座城市便不断扩张，现在需要修建新的城墙来守护整座忒拜城。

泽托斯和安菲翁倾尽全力来完成这个任务，但是他们筑墙的方式也像他们的个性一样迥然不同。泽托斯的力气巨大无比，赤手就可以将巨石举起，而安菲翁筑墙的方式既奇怪又有所不同，他通过弹奏竖琴来修葺城墙。有人说安菲翁的琴声可以让石头按照指令，自己移动起来，一排排摞到相应的位置。因此，有了泽托斯的力量和安菲翁带有魔力的音乐，他们修建了忒拜城坚固无比的城墙，后来城墙上又多了七个高大的城门，也就是著名的“忒拜七城门”。

泽托斯和安菲翁相处和谐，共同治理着这个国家，但是他们命中注定不能快乐到老。

泽托斯娶了埃冬，他们育有一子。但是后来，埃冬发疯后失手杀了自己的孩子。她没日没夜地哀悼，直到再也承受不了丧子之痛，在无尽的悲痛中死去。诸神出于同情，让她变成一只夜莺。

后来，每当黎明时分，泽托斯清醒之时，他都能听到夜莺悲伤孤寂的歌声。

第 三 章

骄傲的尼俄伯

安菲翁娶了尼俄伯——坦塔罗斯的女儿，他们幸福地生活了多年，育有十四个孩子，但是……

尼俄伯是忒拜贵族的故事中最悲惨的女主人公，这个故事叫作“尼俄伯传说”。

尼俄伯的故事不仅是所有希腊神话中最具戏剧性的，也是最大胆的。这个故事就像普罗米修斯和丢卡利翁的洪水传说一样，提出了十分大胆的问题：为什么诸神总是对人类如此不公?

尼俄伯虽然犯了错，但是她已经接受了惨痛又无人性的惩罚，无论她犯了多大的罪，在惩罚面前这些罪都显得十分苍白。尼俄伯承受的责罚也是对诸神的谴责。

灾难降临之前，尼俄伯身为安菲翁的妻子、十四个孩子的母亲，是世界上最幸福的女人。她身为王后，丈夫对她爱得深沉，更重要的是，她的十四个孩子——七个男孩和七个女孩个个都如同神灵般貌美高华，他们是尼俄伯骄傲和喜悦的来源。

尼俄伯的孩子便是她的全世界。她亲自为他们梳洗，喂养年幼的孩子，打心眼里为她和丈夫给世界带来的这个俊美而又团结的家庭高兴。

只要比较不会带来伤害，为家庭感到骄傲就没有罪。尼俄伯的骄傲却来自这种比较，她这种行为得罪了诸神。

尼俄伯经常说："我是天下最幸福的母亲，不仅包括凡间，还包括神界。"

直到有一天，她年迈的奶妈对她说："可是，我们的先辈总是告诉我们，女神勒托才是最称职、最幸福的母亲，她给予阿波罗和阿尔忒弥斯生命，这两位强大的神受一切凡人和神仙尊敬。"

尼俄伯骄傲地回应道："我的十四个孩子也都天赋异禀，我的儿子中有最优秀的运动员和最杰出的骑手；我的女儿们争奇斗艳，城墙上的七座塔都以她们的名字命名。只有两个孩子的勒托怎么可能比我还称职呢？"

奶妈赶忙劝阻："虽然你现在贵为王后，但原来也是吮吸我乳汁的孩子，所以我有斥责你的权力。收回刚才那些话！在凡人中，或许你是最幸运的一个，但是在众神面前要谦逊，因为他们的力量十分强大，无法估量，我们在他们面前十分渺小。"

"我是诸神的宠儿，我的十四个孩子赐予我力量。我有丈夫作后盾，他是忒拜的国王，也是宙斯的儿子！"

"唉，王后，如果诸神听不见凡人的言论、看不透凡人的思想该多好，那样您就不会受到伤害了。但是我现在特别害怕，因为我感觉灾难就要来了！"

勒托确实听到了尼俄伯的话，怒火中烧的她立即召见了先知泰瑞西阿斯的女儿——预言家曼托，并且下了命令：

"现在前往忒拜城，下令让那儿所有的母亲为我供奉祭品，确保不要遗漏任何一人，否则她们面临的报复将超乎想象。"

曼托赶紧前往忒拜，将女神勒托的命令传遍忒拜的每一个角落，包括城堡内。城中的母亲一听到命令，就急忙向勒托供奉祭品，尼俄伯却固执地留在城

堡里，无动于衷。

老乳母乞求道："去吧，王后，不去的话，灾难就要降临了。现在就去，不然就迟了！"

王后回答道："我不怕勒托，我以前从来没有低声下气过，现在也一样。我孕育了十四个孩子，我更称职，我是不会给她供奉祭品的！"

尼俄伯最终没有供奉祭品。

勒托召见了自己的两个孩子——阿波罗和阿尔忒弥斯，他们是可靠的弓箭手。

勒托气得声音都颤抖起来，她诉说了自己所受的奇耻大辱，还说道："如果尼俄伯不受到惩罚，凡人将不再尊敬我，我就会成为不受敬仰的女神，我的神殿将会崩塌，其他的神也会漠视我。"

阿波罗说道："母亲别急，我们不会允许任何一名凡人女子侮辱您，不论她是谁。我们知道您对我们的期望，我们不会让您失望的。"

阿尔忒弥斯叫嚷道："走吧，哥哥，很快我们就知道那个傲慢的女人到底能剩下几个孩子了。竟敢侮辱众神，侮辱我们的母亲，那就给她点教训！"

他们立刻前往忒拜，箭袋中装满了致命的箭，灾难即将到来。

他们到达忒拜时，城中所有的年轻人都在城墙边参加运动竞赛，尼俄伯七个优秀的儿子赢了所有竞争对手。

阿波罗藏在一朵云里，悬浮在忒拜城上空。眼神犀利的他立刻就认出了尼俄伯的七个儿子。接着，阿波罗从箭袋里抽出七支箭放在身旁，又仔细地巡视了下方的运动场，拿起一支箭，瞄准了发射对象。箭呼啸着朝地面飞去，阿波罗的目光一直追随着箭。弓箭发现了目标：一名运动员倒地死亡。阿波罗又取出第二支箭、第三支箭、第四支箭……直到七名运动员都瘫倒在尘土里。

在本该嘉奖胜利者的时刻，忒拜人民却在哀悼死亡，丧葬队伍取代了加冕冠军的队伍，抬着忒拜最优秀的七名年轻人的尸体，向王宫行进，肃穆庄严。

与此同时，安菲翁正像往常一样，站在城堡门前等候着，打算为胜利者送

上祝贺。但是，肃穆哀痛的长队伍越来越近，他也越看越焦急。安菲翁的脑海中已经想到了某种可怕的灾难，但都不及他眼前这一幕那样可怕：他的七个儿子，一个挨着一个，躺在地上。

安菲翁注视着这一幕，久久回不过神来。最后，他终于明白了眼前这可怕的场景，便仰天长啸，发出无助的呐喊，经受痛苦的心被撕成了碎片。他低下头，眼神绝望又愤怒，他的手伸向了剑柄，突然将剑插进了自己的胸膛。

就在安菲翁倒地身亡之时，尼俄伯和七个女儿出现在了城堡门前，女儿们一下子扑到父亲和兄长的尸体前，哭得撕心裂肺。

只有尼俄伯还站在那儿，她接受不了眼前这可怕的一幕，于是把头埋在了双手的掌心里。她极力克制正令她窒息的啜泣，眼泪却止不住地往下流。她明白，别人警告过她的灾难发生了。她的内心痛苦地挣扎着，但就算是如此严厉的惩罚也不能打压尼俄伯的骄傲。她永远都不能接受勒托比她更称职，也不会让勒托通过这次惩罚就产生优越感。

于是，尼俄伯擦干眼泪，双臂举向天空，鼓起仅存的勇气，喊叫道："勒托，你犯下了可怕的罪行，你幸灾乐祸了吧！你现在应该在为自己利用残忍的手段取得的胜利而狂喜呢吧？但你并没有取得胜利，勒托。就算我周围躺着许多尸体，我还有七个女儿来拂拭我的悲伤。哦，对了，身为一个母亲，我永远都比你称职，你永远都比不上我！"

听到这番话后，所有人都愣住了。尼俄伯被自己的骄傲蒙蔽了双眼，难道她不明白自己的这番喊叫是对女神勒托的另一次挑战吗？勒托是个必定会有所回应的女神，不一会儿，弓箭像磁铁一样，呼啸着径直飞向尼俄伯的女儿，被箭射中的那个女儿就这样躺在了哥哥的尸体上。

接着，阿尔忒弥斯接替了阿波罗，一个接一个地，把箭射向尼俄伯女儿们的心脏。尼俄伯的六个女儿就这样死去了，只剩下了安菲翁夫妇最疼的小女儿——克洛莉丝。

就在最后一刻，令人心碎的事实证明了诸神令人难以置信的残忍，尼俄伯的骄傲终于崩塌。她十分痛苦，双膝跪地，抬头望向天空，痛苦地嘶吼着：“天呐，伟大又充满力量的勒托啊！你打败了我！原谅我冒犯你的行为吧，可怜可怜痛苦的我，我求求你，不要杀我这最后一个女儿，让她来抚慰我的痛苦吧！”

尼俄伯痛苦地扭曲着，一次次地扑倒在地，双手伸向天空，痛苦地捶打着胸膛。

“就算你不可怜我，至少也怜惜一下这个无辜的生命吧。杀了我，饶了她，让她哭泣也好，遗忘也好，在你的力量面前臣服也好！”

尼俄伯现在已经完全臣服于勒托，她连最后一丝骄傲都没有了。女神勒托心情大好，却并没有怜悯尼俄伯。尼俄伯的哭喊或许可以融化冰冷的心，却无法扑灭勒托心中的怒火。一声短促邪恶的呼啸划破天空，阿尔忒弥斯最后一支箭射向了尼俄伯的小女儿，小女儿死在了尼俄伯的怀中。

面对诸神的残忍行为，尼俄伯因悲愤而头晕眼花。她的孩子和丈夫都死了。这种屠杀行为让人难以置信、无以言表，却是无法改变的事实。尼俄伯的骄傲和幸福都破灭了，她连哭的力气也没有了。她悲伤地呆坐在原地，哑口无言，嘴唇干裂，好像体内所有的生命力都被抽离了，只剩下脸颊上的泪水，感受着她无法忍受的痛苦。

突然间，她的耳边传来一阵可怕又刺耳的声音。诸神还没有完成复仇，预言家曼托又开始在整个忒拜城发出尖锐的声音："忒拜城的人，你们听清楚了！诸神禁止你们埋葬尼俄伯的孩子，为了进一步惩罚尼俄伯这个自大的女人，为了让这座城中的男男女女体会到诸神真正的力量，这些孩子会暴尸街头，被猛禽啄食。"

女预言家一遍遍地散布着消息，尼俄伯再也忍受不了了。这位温暖鲜活的王后慢慢变成了一块石头。很快，只有石头人眼里流出的泪水和石头人心里逐渐膨胀的痛苦，还残留着她为爱抗争的精神。

这种痛苦逐渐膨胀，尼俄伯的石像也跟着膨胀，最终超过了忒拜城所有房屋的屋顶，这是对诸神不公行为的谴责。

诸神注视着不断升起的石柱，看到变成石人的尼俄伯仍在流泪，谴责他们为复仇实施的可怕行为。最终，他们意识到自己的罪恶，感到羞愧与恐惧。

他们似乎意识到自己并没有取得胜利，而是羞耻地失败了，于是，他们在夜里偷偷地亲手埋葬了尼俄伯的孩子，随后掀起了一阵可怕的旋风，卷起尼俄伯的石像，将其搬到亚细亚腹地，藏在西庇洛斯山背后，希望他们犯下的残酷行为能被遗忘。

但事与愿违，几千年过去了，尽管诸神努力掩饰自己的罪行，人们对尼俄伯的神话传说仍然记忆犹新。

因为这个故事的诞生并非偶然。

如今，在西庇洛斯山遥远的山坡上，还是可以看到覆有融雪的石头，好似一位正在啜泣的女子。

然而，单凭一块石头就可以衍生出这样的神话故事吗？或许忒拜贵族确实遭遇了某种灭顶之灾，这种灾难激发了人们普遍的愤怒，所以才有了这个神话故事。从那时起，剩下的就是想象和推理了，但这种推理很有逻辑，也很胆大，甚至让人类和奥林匹斯诸神处于对立阵营。

这个故事中，神灵犯下了残酷罪行，行为不公，遭到了批判；而以尼俄伯为代表的人类举起苦难建成的石头加以反抗，这块石头耐力极强，比神的寿命还长。

不管其他事情的真相如何，有一点可以肯定：在地球表面的某处，有一块石头，这块石头形似一名悲惨而又骄傲的女人，好似在喊叫，对天空发出无声却有力的谴责。不管是暴风雨还是暴风雪都无法盖过这种呐喊，几个世纪过去了，这种呐喊依然存在。

奥林匹斯山呢？奥林匹斯山早已空无一物，在寒风的洗涤下，只剩下光秃缄默的悬崖峭壁，诸神殿好像从未存在过一般。

第四章

西西弗斯与其孙柏勒洛丰

柏勒洛丰是科林斯城最伟大的英雄，他骑着飞马驰骋在天空中所做出的英勇事迹曾经感动过无数代人。不过在开始他的故事之前，很有必要先交代一下有关他祖父西西弗斯的神话故事，这个人的名字也深深扎根于人们的记忆之中。不过，人们之所以能够记得住他，是因为他是世界上最狡猾的一个人。

西西弗斯是埃俄罗斯的儿子，也是科林斯城的创建者和首任国王。此人虽然诡计多端，实际上心底并不坏。由于他连众神都敢愚弄，因此死后遭到了严厉的惩罚。

西西弗斯在修建科林斯城的时候，十分想得到伊斯特莫斯附近的那片土地。因为这样一来，新城就会有两个海港与爱琴海相通：一处位于科林斯湾，而另一处位于萨罗尼克湾。而且附近的小山地势较高，可以建造固若金汤的要塞，一旦发生战事，还能够庇护城里的居民。不过美中不足的是那个地方缺水，所以西西弗斯请求河神阿索波斯给他一眼泉水。

“那你打算怎样回报我？”阿索波斯问道。

“我没有什么东西可以给你，”西西弗斯回答说，“不过谁也无法预料，也许将来有一天你可能用得着我，到时候我一定会尽一个朋友的本分。”

阿索波斯对西西弗斯的回答十分满意。他劈开岩石，清澈的泉水顿时从山脚下喷涌出来。看到眼前的景象，国王西西弗斯惊奇地瞪大了双眼。科林斯城就此诞生，它的要塞卫城也矗立在小山之上。

此后不久，宙斯领着阿索波斯的女儿埃吉娜经过此地。恰恰在几小时之前，这位人与众神之王刚把这个姑娘从她父亲那里掠走。为了向宙斯献殷勤，西西弗斯盛情款待了他们，还留他们在宫里过夜。第二天，两人刚刚离开，阿索波斯就赶了过来，焦急地寻找着自己的女儿。他理所当然要询问西西弗斯有没有见过自己的女儿，知不知道是谁把她带走的。

这件事让科林斯王左右为难。一方面，阿索波斯送给了他泉水，他才得以修建科林斯城，因此他欠阿索波斯一个人情；但是另一方面，他又怎么可能冒险去搅黄万能的宙斯的好事？！这就是症结所在！西西弗斯思前想后，最后还是觉得自己有义务助阿索波斯一臂之力。于是，他告诉了河神，到底是谁劫走了他的女儿。

“你不担心宙斯生气吗？”阿索波斯心怀敬意，吃惊地问道。

“不用担心，我会想办法处理好的。”西西弗斯信心满满地回答说。

宙斯知道阿索波斯从哪里得到的消息后，自然是怒不可遏。

“叛徒，”宙斯咆哮着说，“我要给这个家伙一点颜色看看！”他立刻命令冥河渡神卡戎前去缉拿国王的灵魂，要将他打入冥府。

可是狡猾的西西弗斯对此早有预料。他在背后藏了一根绳子，设下陷阱等待卡戎的到来。

不一会儿，可怕的死神出现了，但是西西弗斯并未感到惊慌。他趁卡戎不备，猛地扑了过去，把卡戎的手脚捆住。

一段时间之后，宙斯觉得西西弗斯已经受到了应有的惩罚。这时，冥府之王出人意料地来到了奥林匹斯山。

“你打算怎么处置西西弗斯？”冥王担心地问道。

“我只管活人的事情，死人的事情我不管。”宙斯回答说。

“如果真像你说的那样就好了！”冥王反驳道，“西西弗斯没有死，而且还活得好好的——我们都被他骗了！”

“你说什么？”宙斯咆哮道。

“西西弗斯把卡戎关起来了，”哈迪斯说，“从那以后，大地上就再也没有人去世，也再没有人来我的王国了！”

宙斯气得暴跳如雷，他立刻唤来战神阿瑞斯。

“马上赶到西西弗斯那里，”他命令道，“就是现在，马上就去。先去找到卡戎，解开他的绳索，然后再帮他把西西弗斯押到冥府去！”

“解救卡戎没问题，”阿瑞斯答道，“不过帮他做事情，我还从未听说过。为什么要这样做？卡戎什么时候需要别人的帮助了？”

“哼，”宙斯声色俱厉地说道，“这一次他的确需要帮忙。快去，按照我的吩咐去做。”

可怜的西西弗斯根本不是卡戎和阿瑞斯的对手，很快就被抓到了阴森的冥府。

由于早就预料到会有这样的结果，西西弗斯预先已经叮嘱过妻子，不要因为他而给冥王敬献祭品。像往常一样，冥府之王等待着西西弗斯家人敬献的祭品，不过始终没有等到，直到西西弗斯出现在他的面前，对他说道：

“伟大的冥王哈迪斯，我妻子没有向您表示应有的敬意，我对此感到十分难过。您让我重新回到人间去惩罚她，我会让她把祭品献给您的，那是她应尽的义务。做完这件事后，我就返回您的王国。”

听到这些极具说服力的话之后，冥王果然上了当，并且答应让西西弗斯重新回到人间。当然，西西弗斯回去后，并未像他说的那样惩罚自己的妻子。相反，他重新回到妻子的身旁，与她一起度过了幸福的晚年。

不过，人终究是要死的。西西弗斯死后，众神开始了对他的报复。

“现在要让他看看愚弄神灵需要付出什么样的代价！”冥王对宙斯说道。在冥界，冥王安排这个狡猾的家伙往山上推一个比他身体还要大的大圆石。

西西弗斯千辛万苦地把巨石沿着山坡往上推，可每一次当他快要到山顶的时候，巨石都会从他手中滑落，滚到下面的山谷里。他只好又气喘吁吁地去追赶巨石，使出浑身力气重新把它往山上推。

可怜的西西弗斯多想把巨石推到山顶，好结束自己的苦难啊！可是巨石总会在最后一刻从他的手中滑落，向山下滚去。这样的惩罚从他死去的那一天开始将一直持续下去，永不停止。

这就是埃俄罗斯的儿子所遭受的严厉惩罚，并非由于他伤害了同类，而是因为他冒犯了众神。

西西弗斯死后，他的儿子格劳科斯成为科林斯城的国王，格劳科斯的儿子是英雄柏勒洛丰。

这位深受人们爱戴的英雄出生时名叫希波诺俄斯，不过这个名字很快就被人们忘记了。由于希波诺俄斯年轻时杀死了一个名叫柏勒洛斯的凶残强盗，那个坏蛋让所有的科林斯人都感到胆战心惊，所以，当他立下这件令人惊叹的功绩后，大家都叫他柏勒洛丰，意思是“杀死柏勒洛斯的人”。

虽然现在科林斯人为年轻英雄的壮举而感到欣慰，但是战神十分生他的气，而且认为他应该受到惩罚。为此，柏勒洛丰只好离开了科林斯城，逃往附近的梯林斯。当时，梯林斯由阿巴斯的儿子普罗托斯统治。普罗托斯对到来的年轻人十分热情，不仅盛情款待了他，而且赦免了他由于杀戮而犯下的罪过。

从此，柏勒洛丰开始为国王效力，他执行各种各样艰巨的任务，表现出的激情和无私就连国王本人都惊叹不已。

可是好景不长，这个长相如神灵般俊美的年轻人吸引了王后斯忒涅玻亚的目光。很快，王后对他的感情由单纯的仰慕之情变成了难以抑制的欲望。有一天，王后趁普罗托斯不在，向年轻人大胆表达了爱意。不过，柏勒洛丰断然拒绝了她的追求。国王这么心甘情愿地保护他，他无论如何也不能背叛国王。一个高尚的人怎能做出这种卑鄙的事情？！

遭到拒绝后，王后恼羞成怒，心中的爱意瞬间变成了致命的仇恨。现在，她的心中只想着怎样才能让柏勒洛丰身败名裂。最后，王后想出了一个计策，她厚颜无耻地对普罗托斯说道："听我说，丈夫，看看你领到家里来的是什么人，柏勒洛丰竟然想侵犯我！"

普罗托斯听了王后的话，非常吃惊。可是，无论他如何尊敬这个年轻的客人，也绝对不会怀疑自己的妻子是在撒谎。

"他竟然如此忘恩负义！"他大声怒吼道。

"这不仅仅是忘恩负义，而且是对我们两个人极大的侮辱，"他妻子继续说道，"我想你应该明白，现在摆在你面前的路只有两条：要么杀死他，要么被他杀死。"

王后最后几句话让普罗托斯感到进退两难，因为好客的神圣法则不允许他这样惩罚客人。不过，他很快想出了一个完成妻子心愿的办法。他无须亲自动手杀死冒犯者，但是可以假借斯忒涅玻亚的父亲吕西亚国王伊俄巴忒斯之手，将柏勒洛丰除掉。

于是，他坐下来给伊俄巴忒斯写了这样一封信："给您送信的人企图侮辱您的爱女，收到信后把他杀死。"

然后他小心翼翼地把信封好，交给柏勒洛丰，让他把信送给国王伊俄巴忒斯。

无辜的年轻人拿着信前往吕西亚。到那里以后，他先拜见了国王，然后把普罗托斯的信交给他。得知柏勒洛丰是女婿派来的人，伊俄巴忒斯把信放到一边，盛情款待了这个送信人整整九天。

到第十天的时候，伊俄巴忒斯才想起要看看普罗托斯信的内容。伊俄巴忒斯打开信后，笑容立刻从他的嘴角消失了，眼前的文字简直让他难以置信。他盛情款待的这个年轻人，居然不知羞耻地冒犯了自己的女儿！

虽然伊俄巴忒斯得到指令要杀掉柏勒洛丰，但是出于和普罗托斯同样的原因，他也无意亲自动手。因此伊俄巴忒斯心生一计，对年轻人说道："我们国家有一个可怕的怪物名叫喀迈拉，它四处横行，无人敢去擒它。如果我像你这么年轻，我自己就会去抓它。不过现在我已经老了，所以就想到了你，我相信你有足够的力量和勇气去实现我的这个愿望。"

柏勒洛丰没有推辞，欣然答应完成这项任务。伊俄巴忒斯终于找到了满足女婿心愿的办法，心里自然十分满意——因为这个年轻人肯定有去无回。

喀迈拉是一个令人恐惧、无人能敌的怪物，长着三个不同的脑袋，最前面是狮子头，后面是龙头，中间是山羊头，最厉害的是那个能喷出火焰的山羊头。喀迈拉祸害乡邻，残杀无辜，不仅撕碎人类和野兽，还从山羊头的嘴里喷出火焰，把庄稼地和茂密的森林烧成平地。

柏勒洛丰深知，仅凭借力量和勇气很难打败这个怪物。因此，他去找聪明的预言家波吕伊多斯寻求帮助。

"如果要打败喀迈拉，"预言家告诉他说，"必须先降伏波塞冬的儿子珀伽索斯。不过，不要贸然挑战这个人类的对手。珀伽索斯是一匹永生不死、长着双翅的飞马，是从蛇发女妖美杜莎断头处跳出来的。"

"去哪里才能找到珀伽索斯呢？"柏勒洛丰问道。

“我只知道它在希腊的群山里和天空中活动，”预言家回答说，“不过它有意躲避人类，谁知道在哪里能够找到它呢？”

这些话听起来希望很渺茫，但是年轻人并没有气馁，他立刻出发前往希腊。到那里之后，他开始四处打听珀伽索斯的行踪，却一无所获。

“我们都听说过飞马，但是没有人见过它。”一位长者说道。

“也许他只是一个神话传说吧！”另一个人回答说。

听了这些话以后，柏勒洛丰陷入了沉思。他自言自语道：“如果人类不知道，那也许仙子们、涅瑞伊得斯和缪斯女神知道。”

柏勒洛丰带着这种想法前往赫利孔山。山上有很多泉眼，长满了茂密的植被，据说里面藏着很多神灵。英雄从树林繁茂的山边艰难前行，穿过绿树成荫的山谷后，终于来到了一汪泉水边。这是一个看起来人迹罕至却令人流连忘返的地方，古老的悬铃树遮天蔽日，陡峭的悬崖近在咫尺。在潺潺的流水声和婉转的鸟鸣声中，柏勒洛丰突然听到了欢快的说话声和阵阵少女的歌声。他立刻想到了赫利孔山上的缪斯女神，果不其然，三位美丽的女神很快就出现在他的眼前。

“你的表情和眼睛告诉我们，你来这里并没有恶意，”她们说道，“告诉我们你需要什么，也许我们可以帮你。我们是宙斯的女儿缪斯女神。”

“我想找到珀伽索斯。”柏勒洛丰语气坚定地回答说。

缪斯女神吃惊地望着他说：“不仅你的愿望很难实现，而且你的运气也有点差。如果你早点来，就能够在这里见到它。你看到的这汪泉水就是珀伽索斯的杰作，因此被称为‘马儿泉’。只要它把马蹄子踩到岩石上，立刻就会有泉水喷涌而出。不巧的是，珀伽索斯现在在科林斯卫城，那里也有一个它用相同的方法造出来的泉，叫作‘皮雷内泉’。去那里吧，也许你能在那里找到它，但是切记要和它保持距离，珀伽索斯不喜欢人类靠近它。即使你想靠近一些，也最好不要去骑它，否则可能会有性命之忧。”

听了缪斯女神的话后，柏勒洛丰并没有气馁，尽管得到的信息有限，但是他已经十分知足。告别三位女神以后，他动身前往科林斯卫城。一想到要为伊俄巴忒斯王国除掉怪物喀迈拉，他顿时感到热血沸腾；而想到要骑珀伽索斯，他更是感到兴高采烈，全然不顾由此将会产生的任何危险。

前往科林斯卫城的途中，柏勒洛丰路过一座供奉着雅典娜女神雕像的神庙。进去后，他在女神雕像前双膝跪地，请求女神帮助自己找到珀伽索斯，并且驯服它。当时天色已晚，夕阳西沉，柏勒洛丰在神庙外面找到一个地方躺了下来。由于疲惫不堪，他很快就进入了梦乡。睡梦中，他梦见雅典娜女神手里拿着一副金马辔。

"波塞冬的儿子柏勒洛丰。"女神呼唤着他。

"我不是波塞冬的儿子。"英雄不解地答道。

"波塞冬的儿子柏勒洛丰，"女神又朝他呼唤道，"你要知道，珀伽索斯是你的兄弟，它的父亲也是波塞冬。不过，虽然你们是兄弟，它也不会让你骑它。你拿着这副神奇的马辔套在它的头上，它就会变得像孩子们骑的小马驹一样顺从了。"

就在这时，珀伽索斯出现了，并朝柏勒洛丰走了过来，好像认识他似的。

"小心，不要惊了它，"雅典娜提醒道，"赶快给它套上马辔。好极了！现在抚摸它的脖子，骑上去。太好了！你成功了！珀伽索斯是你的了。再见，祝你一切顺利！"

这一切简直让人难以置信。柏勒洛丰骑在珀伽索斯的背上飞上了天空，这种感觉简直太令人陶醉了！不过这种美妙的感觉既不真实，也转瞬即逝。很快，我们的英雄醒了过来，发现自己仍然躺在地上。

柏勒洛丰感到非常失望，因为这不过是一场美梦罢了。然而，他刚准备站起身，就看到身旁竟然真的放着一副马辔，跟梦中雅典娜女神给他的一模一样。他立刻拿起这个珍贵的宝物仔细打量，这一次眼睛没有欺骗他，也不是在梦中。

他手中的的确确拿着可以驯服珀伽索斯的金马辔。

柏勒洛丰立刻出发前往科林斯卫城，而且很快找到了皮雷内泉。他藏在灌木丛后面等待时机，只要稍有风吹草动，他就会四处张望，希望能够看到他不远万里前来寻找的那匹飞马。

突然，一阵奇怪的拍击声吸引了他的注意力，他向天空望去，来者正是珀伽索斯。它全身雪白，宽大的翅膀拖着它的身体，像天鹅一样在天空中翱翔。柏勒洛丰满怀敬畏地注视着它，并且很快意识到要藏得更隐蔽一些。于是，他钻到灌木丛下面，身体趴得离地面更近了一些。不一会儿，珀伽索斯来到地面，恰好站在英雄藏身的地方附近。

飞马并没有看见柏勒洛丰，但是它立刻感到有人在附近盯着自己看。于是它嘶声长鸣，翅膀也抬了起来，摆出一副吓唬人的姿势。柏勒洛丰并没有被吓住，他在静静地等待时机，不过珀伽索斯没有安静下来的迹象。于是，柏勒洛丰捡起一块石头扔了过去。石头越过马背落入了树丛。听到声响，珀伽索斯立刻转过头，耳朵竖了起来，想分辨出声音到底来自何方。

与此同时，柏勒洛丰从躲藏的地方闪电般蹿了出来，珀伽索斯还没来得及做出反应，就被套上了马辔。马儿吃惊地转过身来，看见年轻人的手紧握着马辔，正轻轻地抚摸着它的颈部。意识到已经发生的一切，马儿并没有再试图挣脱，反而友好顺从地叫了一声。这匹桀骜不驯的马儿就这样被驯服了。

柏勒洛丰牵着温顺的珀伽索斯来到泉边。等他们都喝足水以后，柏勒洛丰跃上马背，轻拉缰绳，马儿便张开雪白的翅膀，驮着他飞向了天空。梦境果真变成了现实！

年轻人多么希望这种美妙的飞行永远不要结束。他骑着马儿从天空中飞过，呼吸着清冽甘甜的空气，将地上的壮丽景色尽收眼底。群山披着绿装，河流在阳光的映照下熠熠生辉，海面上的岛屿星罗棋布。英雄犹如神灵一般翱翔于空中，四周有祥云为伴，一股力量在他的心中油然而生。

没过多久，他们就来到了吕西亚。柏勒洛丰四处张望，寻找着怪兽喀迈拉的踪迹。很快，一片不毛之地映入了他们的眼帘。为了看得更加清楚，英雄让珀伽索斯飞得更低一些。

只见视线之内寸草不生，只有一些烧焦的树干散落其中，偶尔还可以看到动物和人类的尸骨。显然，怪物的巢穴就在附近。这时，喀迈拉察觉到附近有入侵者，于是便走了出来。由于马儿飞得不高，他们立刻看见了面目狰狞的怪兽。柏勒洛丰并未感到恐惧，而珀伽索斯猛地朝天空一跃。也幸亏它行动迅速，否则它和柏勒洛丰可能都要被喀迈拉喷出的火焰吞噬。看到他们已经逃脱，怪兽变得更加疯狂，接连发出一阵阵骇人的吼声，同时用尽全力将火焰喷得更高。刹那间，阴云密布的天空仿佛骤然被霹雳点亮，一场狂风暴雨似乎即将呼啸而至。

柏勒洛丰并没有为眼前的一切所吓倒，他策马飞到火焰无法触及的地方。现在，他大显身手的时刻终于到了。只见他神闲气定，不慌不忙地从肩上取下弓，抽出一支箭搭上，瞄准后用力射了出去。一瞬间，利箭呼啸着划过了天空，紧接着就响起了一声恐怖的尖叫声，箭不偏不倚正中目标。柏勒洛丰马上抽出另一支箭射了出去，就这样，一支箭接着一支箭，每一箭射出后都传来了喀迈拉凄厉的号叫声。怪兽接连中箭，毫无招架之力，最后全身抽搐，倒地而亡。不可一世的喀迈拉被打败了。

伊俄巴忒斯见到柏勒洛丰毫发无损地回来了，也听说了有关他的消息，心里既生气又沮丧。他不动声色地对英雄说道：

“干得好，小伙子！现在你是英雄了，”沉思片刻之后，他又说道，“只要你效忠于我，做出伟大的功绩，就会得到巨大的荣耀，而且我会给你相应的荣誉和嘉奖。现在，我想让你去扫平特摩罗山上的土匪。”

“遵命。”英雄回答道。伊俄巴忒斯不禁窃喜，因为他知道，这一次柏勒洛丰恐怕在劫难逃。

接着，英雄骑着珀伽索斯出发了。然而让他没有想到的是，这里的土匪并不是散兵游勇，而是一个残暴嗜血的部族，即使把吕西亚全部的士兵派来，也未必能够消灭他们。然而，柏勒洛丰骑着飞马从天而降，打败了敌人。他先杀死了最凶猛的匪首，接着又驱散了其余的匪徒。就这样，他们再也不敢到这里滋扰闹事了。

英雄又一次得胜归来。伊俄巴忒斯比以往更加愤怒，他仍然下决心要除掉柏勒洛丰。这一次，他决定派柏勒洛丰去和亚马宗女战士作战，而且他心里十分清楚，不论谁与这些可怕的女战士一决高低，都会有去无回。可是让伊俄巴忒斯惊讶不已的是，柏勒洛丰再一次凯旋。

现在，国王手里只剩下最后一张牌可以打了。他命令吕西亚最难对付的士兵——让人闻风丧胆的赞西亚战士伏击英雄，准备把柏勒洛丰除掉。

一天，柏勒洛丰正在克珊托斯河岸上走着。伊俄巴忒斯派来的士兵突然向他扑了过来。柏勒洛丰一生中还从未遇到过如此凶险的时刻。他孤身一人，无论如何也对付不了这么多敌人。忽然间，他想起雅典娜曾经称呼他是“波塞冬之子”，于是他立刻呼唤强大的海神来帮忙。刹那间，一件奇怪的事情发生了：克珊托斯河的河水涨了起来，河水在柏勒洛丰的身后翻滚着。而且只要他移动脚步，水也会跟着他的脚步走；他停下，河水也跟着停下。伊俄巴忒斯的士兵看到这种奇迹，心里十分害怕，他们纷纷开始后撤。

可是柏勒洛丰加快了脚步，河水在他的脚下翻滚。赞西亚战士吓得仓皇而逃，但是英雄在他们身后紧追不舍，翻腾的河水泛着泡沫跟着他向前涌来，河水眼看离城市不远了。看到眼前发生的一切，伊俄巴忒斯几乎不敢相信自己的眼睛。如果城里和原野被洪水淹没，那将是一场语言无法形容的灾难。这时，人们已经开始焦急不安地围拢到一起。而感到最心急的是伊俄巴忒斯，他向士兵们大声喊道：“胆小鬼！拦住他！我们全都要被淹死了！”这种恐惧已经深深笼罩在人们的心头。他们吓得四处逃窜，很快就消失得无影无踪。

虽然士兵们不为自己逃之夭夭而感到羞耻，但是他们的妻子和女儿觉得羞愧难当。其中一个妇女大声喊道："跟我来，克珊托斯的女人。为了荣誉，让我们来洗刷自己的男人留下来的耻辱吧！"

于是，她们立刻向英雄冲了过去。柏勒洛丰根本无心伤害这些妇女和她们的城市，他正准备往后退。不过雅典娜让他不要停止脚步，而是继续向前，因为她有她的打算。于是，柏勒洛丰只好被迫继续向前。

就在他们双方马上要碰到一起的时候，女人们停下了脚步，而且其中一个女人大声喊道："你可以挑选我们中任何一个你喜欢的人做妻子，只要你愿意，就算杀了她也行，只是不要淹了我们的土地！"

柏勒洛丰没有回答，继续坚定地向她们走去，泛着泡沫的河水也紧随而至。现在，他已经距离她们很近了；但是，这些克珊托斯女人没有后退半步。英雄继续前进，河水也继续向前。

这些女人不知道接下来到底该如何是好，只好不知所措地撩起了裙子，似乎她们唯一关心的事情就是别让河水打湿了自己的裙子，仿佛撩起裙子，就能挡住汹涌的河水。

她们这样做，还真让自己和整座城市幸免于难。不管大家是否相信，柏勒洛丰一看到女人们的大腿，脸就红到了头发根处。他马上慌张地扭头折了回去，河水也随之退去，重新回到克珊托斯河里。

伊俄巴忒斯目睹了这一切，惊讶得说不出话来。

突然之间，他心里起了疑问，而且疑问变得越来越大。他不禁反问起自己："这个人如果不知羞耻地侵犯了自己的女儿，他看见女人的大腿怎么会脸红呢？"

于是，他突然之间醒悟了过来。

"原来全都是谎言！"他大叫了起来，"柏勒洛丰是无辜的。"

于是，他手里拿着普罗托斯写给他的那封信，立刻跑去找英雄。

"你读读这封信！"他命令道。

柏勒洛丰看了信的内容后，一句话也没有说。

“这就是我派你去完成这些危险任务的原因，”伊俄巴忒斯解释道，“我竟然相信了谎言。我想知道，为什么普罗托斯会写这封信？”

“你知道了原因又能怎么样呢？”柏勒洛丰回答道，“不管怎样，这件事不是普罗托斯的过错，也不是任何人的过错，是众神指引着人类的行为。”

伊俄巴忒斯没有再继续追问下去，可能他已经猜到了事情的真相。此刻，他越发敬重这位英雄了。于是，他把自己的小女儿嫁给了柏勒洛丰，而且让他做了自己王位的继承人。

伊俄巴忒斯没有忘记克珊托斯的女人们为了保护城市而做出的伟大牺牲，他当然也没有忘记自己“勇敢”的士兵们表现出来的胆小和怯弱。为了纪念此事，他决定恢复一个古老的习俗，下令要住在克珊托斯河两岸的人民中止子女随父姓，转而改随母姓。

也正因为如此，当时那里男孩子的名字不会叫“伊阿宋的儿子阿尔凯奥斯”，而是叫“达芙妮的儿子阿尔凯奥斯”，以此来表示对女人的极大尊敬，以及对男人的极大羞辱。

伊俄巴忒斯去世后，柏勒洛丰成为吕西亚的国王。他的妻子给他生了两个儿子和一个女儿。名叫拉俄达弥亚的女儿长得十分漂亮，就连宙斯也抵抗不了她的魅力，她为宙斯生下了儿子萨耳佩冬。此人是一个伟大的英雄，死于特洛伊战争。

柏勒洛丰幸福快乐地生活了很多年。在珀伽索斯的帮助下，他还取得了其他一些杰出的功绩，使得他作为国王和英雄的美名广为传颂。

但是，一个人无论多么善良、多么勇敢，死前也往往会失去天恩。因为权力和荣耀容易滋生骄傲，而骄傲又会使人无法对自己做出恰当的评价。

柏勒洛丰深受子民的爱戴和尊敬，这让他感觉十分受用。每次他骑着珀伽索斯从自己的城镇和村庄上空飞过，心里都会自豪地认为，此时此刻他正在做的事情，其他人连想都不敢想。他在天空中翱翔的时候，心里就会想起雅典娜曾经在他睡梦中对他说过的话："你是波塞冬的儿子。"他想着想着就开始认为，自己和众神一样，不应该待在地面上，而应该住在奥林匹斯山上。

因此，有一天他骑着珀伽索斯，前往众神居住的地方。柏勒洛丰被骄傲冲昏了头脑，想象着自己的父亲可能正在大门口等着他，而且会让自己像众神一样坐在他的身边。柏勒洛丰的脑海里甚至开始描绘赫柏给他的杯中斟满琼浆玉液的场景，喝下这些琼浆玉液他就会长生不老。

带着这些无用而愚蠢的空想，柏勒洛丰越飞越高，飞到了云朵之上，终于看到矗立在云海之中的奥林匹斯山，山顶上众神们巍峨的宫殿在阳光的照耀下熠熠生辉。

正当柏勒洛丰极度自我膨胀的时候，伟大的宙斯从高处看到了他。

"这是何等的轻慢？！"众神之王大声喊道，"一个凡人未经邀请也敢来奥林匹斯山！"

说完，宙斯立刻放出一只巨大的马蝇去咬珀伽索斯。毒虫的毒性很强，只需一口就让珀伽索斯难以承受。只见珀伽索斯发出了一声痛苦的嘶鸣，然后就发起狂来。由于剧痛，它发疯似的拍打巨大的翅膀，在空中乱蹦乱跳，最后把柏勒洛丰掀下了马背。

英雄骤然间从天空向地面坠落。雅典娜看到后，不由得心生怜悯，急忙赶过去帮助他。她救了柏勒洛丰的性命，但是从那以后，柏勒洛丰就变得神智错乱了。

"唉！"女神惋惜道，"为什么人人都想追求荣耀呢？用一颗谦卑的灵魂掌管着世俗的权力，能有什么比这个更加高贵呢？要是每个人都能明白这一点该多好啊！他曾经那么英俊高贵，看看他现在的样子，到处游荡，无依无靠，甚至连自己在做什么都不知道。我也无法帮他了，可惜啊，可惜！"

就这样，柏勒洛丰跌跌撞撞，漫无目的地走着。他的子民慢慢淡忘了他，众神也抛弃他，直到最后死亡降临。

缪斯女神发现了英雄的遗体。很久以前，她们曾经帮助他找到了珀伽索斯。缪斯女神抬着那具已经失去生命的躯壳，把它擦洗干净，然后给它穿上衣服，含泪把它葬在奥林匹斯山僻静的山坡上。

时光飞逝。缪斯女神依然无法忘记柏勒洛丰，她们也不想让人类忘记他曾经做过的事情。她们通过启发诗人和歌唱者的灵感，使他的伟大事迹重新闻名于世，并且让人们更加爱戴这位曾经驯服过珀伽索斯、杀死过怪物喀迈拉的英雄。

柏勒洛丰的故事到这里就要结束了。现在让我们转换时空，前往梯林斯普罗托斯国王的宫殿。斯忒涅玻亚曾经撒谎陷害过英雄，根据命运的安排，她必须要为这个邪恶的谎言付出惨重的代价。国王伊俄巴忒斯的一位男性亲友从吕西亚来到这里，把事情的经过原原本本地告诉了普罗托斯。

“你这个女人！”普罗托斯轻蔑地叫道，“你简直坏透顶了！从这里滚出去，永远不要让我再见到你！”

于是，斯忒涅玻亚的世界崩溃了，骄奢高贵的生活瞬间离她而去。绝望之中，她发现自己竟无处可去。回到父亲那里已经不太可能，而且更让她无法忍受的是，曾经贵为王后的她现在要沦为乞丐。她就这样离开了，不知道哪里才是自己的归宿。这时，路上的一条绳子为她指引了方向，她像宝贝一样把绳子紧紧地抱在胸前。在前方不远处的一棵树上，她结束了自己的生命。斯忒涅玻亚曾经说过邪恶的谎言，死时理当遭受这样的痛苦。

至于普罗托斯，这个曾经让柏勒洛丰遭受不公正对待的人，丝毫没有审视自己犯过的错误。现在他也遭到了报应，两个宝贝女儿吕西佩和伊菲阿纳萨都疯了。他们父女遭受了令人难以忍受的痛苦折磨之后，碰到了一位名叫墨兰波斯的聪明先知和医者，帮助他们解除了痛苦。此人不仅具有近乎神奇的力量，而且他获得神力的方式也非常奇特。

一天，墨兰波斯看到一只老鹰正扑向一个蛇巢，蛇拼死抵抗，保护着自己的孩子。出于怜悯，墨兰波斯跑过去想把老鹰赶走，不过还是晚了一步，老鹰用锋利的喙啄死了大蛇。墨兰波斯心里十分难过，他把大蛇掩埋以后，就倒在地上睡着了。这时，小蛇们跑了出来，它们出于感激，用舌头舔干净了墨兰波斯的耳朵。从那以后，墨兰波斯就能够听懂鸟兽的语言。也正是凭借这种能力，墨兰波斯成了预言家和伟大的医者。

墨兰波斯有一个哥哥名叫拜厄斯，他们兄弟的感情很深。当时，拜厄斯爱上了皮洛斯国王涅琉斯的女儿珀罗，墨兰波斯很想帮助哥哥娶妻。不过国王涅琉斯曾经说过，无论谁想娶他的女儿，都要把菲拉考士漂亮的牛群给他弄来。可是，这些牛被菲拉考士关在高高的围栏里，而且还有卫兵和狗日夜不停地看守，所以，似乎没有人能够得到这些动物。幸亏墨兰波斯拥有特殊的能力，他知道自己能得到这些动物；可是作为代价，他需要在牢房里待一年。虽然墨兰波斯深爱着哥哥，而且以前也帮过他的忙，但是这一次要付出的代价实在太大了。因此，他委婉地劝说拜厄斯，最好打消娶珀罗为妻的念头。

拜厄斯听到这些话后，陷入了深深的忧郁。他变得食不甘味，夜不能寐，满脑子只想着可爱的珀罗再也不能成为他妻子这件事。

墨兰波斯看到哥哥绝望的样子，知道自己最后不得不做一次偷牛贼。但是，正如他预测的那样，他刚刚翻过围栏的高墙，就被菲拉考士本人抓了个正着。

“世界上有两样东西我最看重，”菲拉考士咆哮着说，“第一是我的儿子，第二就是我的牛。我要把你关起来，不要指望我会放了你。”

墨兰波斯在牢房待了近一年。一天，墨兰波斯听到有两只木蛀虫正在说话。当时，它们正在蛀蚀支撑着牢房屋顶的大横梁。

“还剩下多少活儿了，兄弟？”一只虫子问道。

“如果我们不把时间浪费在无聊的谈话上，横梁明天早晨就能被蛀断。”另一只满嘴都是木头碎屑的蛀虫回答说。

听到这些，墨兰波斯马上惊慌失措地提出把他转移到另外一个牢房去。菲

拉考士被这个囚犯的叫喊声吵得一夜没有合眼，第二天早晨，他只好答应了墨兰波斯的要求。

让他非常吃惊的是，预言家几乎刚刚走出牢门，牢房的屋顶就塌了下来。

“我听说你是一个伟大的预言家和医者，”菲拉考士说，“我一直不相信，但是现在我信了。我儿子伊菲克勒斯的妻子一直不能生小孩，他为此一直闷闷不乐。只要你能够治好他的病，我就放了你，而且还会把牛给你。”

第二天，墨兰波斯向阿波罗献祭，请求他帮忙恢复伊菲克勒斯的生育能力。

阿波罗立刻给他帮了忙。只见两只秃鹰从空中盘旋而下，落在附近的一棵树上。不一会儿工夫，墨兰波斯听到其中一只说：

“你还记不记得上次我们在这儿，看见菲拉考士杀羊献祭给阿波罗的事？”

“当然记得，”另一只回答说，“这件事恐怕已经有些年头了。当时他儿子伊菲克勒斯还是一个孩子，我记得，他看到父亲拿着血淋淋的刀子走过来的时候，被吓坏了。这件事把可怜的孩子吓得很惨，使他完全丧失了男性的能力。”

“这我知道，”第一只秃鹰回应道，“你还记不记得，他父亲跑过去安慰这个孩子的时候，把刀扎进了树干里？如果仔细看，你能看见那把刀子还在那里！不过现在只能看见露在外面的刀把，这么多年过去了，树皮几乎要把刀全部盖住了。”

“嗯嗯，是的是的，这就是治愈伊菲克勒斯的方法。那把刀子使他得病，也能医好他。现在需要有人去把刀子从树干里拔出来，然后把刀刃上的铁锈做成药，就可以让伊菲克勒斯重新获得男性能力了。”

“你说得对，”第一只秃鹰点头说，“可是有谁能像我们一样知道治病的方法，而且能够听懂我们的话？如果那样的话，我们就可以告诉他应该怎么做。”

墨兰波斯自然听懂了秃鹰说的每一句话。为了表示感谢，他扔过去两块动物的内脏，两只秃鹰嘴里叼着内脏，拍拍翅膀飞走了。它们心里很高兴，因为知道在树上等了那么长时间终于没有白等。

秃鹰刚刚飞走，墨兰波斯立刻跑过去把刀子从树里面拔了出来。他用刀上面的铁锈和另外一味药治好了伊菲克勒斯的病。伊菲克勒斯的身体恢复了，他的妻子给他生了一个儿子，取名“波达耳刻斯”。菲拉考士对墨兰波斯的医治十分满意，就如约把牛给了他。预言家把牛群赶回去交给拜厄斯，拜厄斯又兴高采烈地把它们交给了涅琉斯，以此来换取可爱的珀罗。

墨兰波斯的医术渐渐远近闻名。所以，普罗托斯的女儿们得了疯病之后，国王自然就想到要请他来医治，甚至愿意付给这位医者一大笔酬劳。

墨兰波斯知道国王很吝啬，便皱着眉头刺激他说：

“我会把你女儿的病医好，但作为回报，你要把王国三分之一的土地给我。”

普罗托斯听到如此要求，气得几乎说不出话来。但是，墨兰波斯的话还没有说完。

“我要得并不多啊，”他微笑着说，“尤其想一想，我也要治好你的吝啬病！”

“从这儿滚出去，你这个强盗！”普罗托斯尖叫起来，“像你这样的医生简直一文不值！”

可是，他当然找不到其他人来治好他女儿的病。更糟糕的是，她们的病已经开始传给梯林斯的其他女人。国王别无选择，只能再去把墨兰波斯请来。但是，这一次国王听到他这样说道：

“我看到病人的数量正在增加，所以我的费用也要随之增加。现在，我要你把三分之一的国土给我，另外三分之一的国土给我哥哥拜厄斯。如果你再讨价还价的话，你的王国里很快就连一个神智健全的女人都没有了。”

普罗托斯十分懊悔自己没有接受医者上次提出的要求。现在眼看着要再失去另外三分之一的国土，他别无选择，只好勉强答应了。

墨兰波斯首先询问国王导致女人患疯病的原因，而他所掌握到的情况，也正是他最担心的。

原来是赫拉让梯林斯城的女人患上了疯病。她之所以这样做，是因为普罗托斯的女儿没有在阿尔戈斯城的赫拉昂节上向赫拉敬献祭品。墨兰波斯现在面临的任务是要劝说女神恢复这些不幸女子的神智，可这样做不仅难度很大，而且几乎是不可能完成的，因为如果赫拉发起怒来，不管是人还是神，都无法让她平息下来。

不过，也许阿尔忒弥斯是个例外，毕竟她最近帮了赫拉很多忙，而且她们两个始终一起携手惩罚那些敢于冒犯她们的家伙，所以赫拉肯定不会拒绝这位狩猎女神。可是阿尔忒弥斯和赫拉一样，只知道报复，不知道宽恕，怎样才能说服她为了普罗托斯的女儿去说服赫拉呢？这个问题比第一个问题更棘手。但是，墨兰波斯再一次找到了解决问题的方法。

“太阳神赫利俄斯可以说动她，”预言家思考着，“他是一个仁慈的神灵。如果我给他送上丰富的祭品，他就会怜悯那些可怜的疯女人，并且让阿尔忒弥斯医好她们。也许刚开始她不会答应，但是太阳神会有办法让她发发慈悲之心的。”

正如墨兰波斯所希望的那样，赫利俄斯果然愿意参与这件事情。

“听着，阿尔忒弥斯，”太阳神说道，“我想让你去求赫拉消除普罗托斯的女儿和梯林斯城其他女人的疯病，她们已经受到了相应的惩罚。”

“如果让我去惩罚别人，”阿尔忒弥斯回答说，“我也许会欣然去做。但是如果让我去请求仁慈，没门儿！我绝对不会那样做的。世人必须学会敬畏神灵。”

赫利俄斯已经预料到女神会拒绝他的请求，而且已经想好了怎么回答。

“如果你拒绝帮这个忙的话，”他警告说，“那我就不会再告诉你飞过天空的时候我看到了什么，你就无法知道谁还欠你的祭品没有偿还。如果这样的话，人类就会渐渐失去对你的敬畏之心了。”

这些话马上刺痛了阿尔忒弥斯。她只好前去求赫拉，而赫拉也只能满足她的愿望。墨兰波斯的智慧又一次发挥了作用：普罗托斯的女儿和梯林斯城内其他女人的疯病都痊愈了，她们又恢复了原来的模样。

与此同时，拜厄斯的妻子也去世了，留下拜厄斯一人活在人间。兄弟俩一起出发去寻找普罗托斯的女儿，并且在阿卡迪亚的一个洞穴里面发现了她们。等两个女孩的身体恢复到可以旅行的程度后，他们带着女孩回去见她们的父亲。看到女儿们已经彻底恢复到生病前的样子，而且像女神一样美丽漂亮，普罗托斯不禁喜极而泣。

“不过，还有一件事情，”墨兰波斯对普罗托斯说道，“我完成了一件不可能完成的事情，恐怕现在我的价钱要更高了。我想要吕西佩做我的妻子，伊菲阿纳萨给我兄弟拜厄斯做妻子。”

这一回，普罗托斯高兴到了极点。他把兄弟俩拥到怀中，热烈地拥抱他们。

“我还要把整个国家都交给你们，”他答应说，“我现在也老了，只想找个安静的地方安度晚年。”

“我好像也说过要医好你的吝啬症，是吧？”墨兰波斯答道。说完，周围的人全都笑了起来，笑声几乎将他的说话声淹没了。

婚礼很快就举行了。墨兰波斯和拜厄斯娶了普罗托斯两个漂亮的女儿做新娘，两人也一起分享了梯林斯的国土。

第 五 章

阿喀琉斯之父：珀琉斯

埃阿科斯是宙斯与河神阿索波斯的漂亮女儿埃吉娜的儿子，也是一个家族的始祖。这个家族出了很多大名鼎鼎的英雄人物，希腊最伟大的战神阿喀琉斯就是其中之一。不过，埃阿科斯出生这件事本身就堪称一个传说。

有一次，宙斯在河边的绿荫中见到了埃吉娜，立刻被她的美貌迷住了。他采用惯常的蛮横手段将这个姑娘抢走，甚至没让她的父母知道。不过这一次，宙斯在姑娘的父亲那里碰到了意想不到的麻烦。这位父亲无论上天入地都要把女儿找回来。河神从西西弗斯那里得到女儿被掳走的详细情况后，立刻赶往科林斯城外的树林，在那里撞见了宙斯和埃吉娜在一起。

暴怒之下的河神立刻向宙斯发起了猛烈的攻击。在宙斯的威力面前，人和众神都闻风丧胆，不过这一次，宙斯在河神面前竟然平生第一次感到了恐惧。慌乱之中，宙斯没有进行任何抵抗，他抓住埃吉娜的手想仓皇逃走。于是，世人难得见到的一幕出现了：无所不能的宙斯在前面猛跑，阿索波斯在后面猛追。那一刻，宙斯再也不是人们心目中那个勇敢强大的神灵了。

最后，宙斯在茂密的灌木丛中找到了藏身之地，不过阿索波斯仍在到处寻找。如果不是宙斯把自己和埃吉娜变成岩石，他们可能很快就被阿索波斯发现。就这样，河神径直从他们身旁走了过去，竟然没有产生任何疑心。等阿索波斯走出视线后，宙斯重新抓着姑娘向奥林匹斯山跑去。不过，阿索波斯再一次发现了他的行踪，并且尾随他来到了山脚下。可是到了那里之后，形势就发生了逆转。宙斯现在终于摆脱了险境，身后不仅有高耸入云的堡垒，而且还有霹雳雷电供他差遣。宙斯没有想到自己竟然会在如此不起眼的小神面前蒙受羞辱，心中不由得火冒三丈。他立刻向阿索波斯射出一连串闪电，可怜的阿索波斯现在从一个复仇者变成了受害者。他狼狈不堪地逃回科林斯城，在一口井里藏了起来。宙斯找不到他的藏身之处，便将怒火发泄到以他的名字命名的那条河上。如果你曾经从阿索波斯河的河边走过，就会看到一些黑色的圆形巨石，像巨大的煤块一样散落在那里。据说，那些石头就是宙斯惩罚犯上作乱的阿索波斯时所投下的霹雳变成的。

宙斯对付完埃吉娜的父亲之后，带着美丽的姑娘来到萨罗尼克湾的一个岛上并与她结为夫妻，生下了儿子埃阿科斯。埃阿科斯长大后，成为那里的国王。从此以后，这座岛被人们称为“埃吉娜岛”。

通常而言，神灵一般不大可能去理会凡人的请求。不过，由于世界上再也不会有像埃阿科斯那样敬畏神灵的人，所以，神灵对宙斯的这个儿子另眼看待。

有一次，诸神厌倦了小国之间无休无止的战争和争吵，决定让整个希腊遭受一次可怕的干旱。春天来了，可是田野中看不到一片绿草。每逢有灾难出现，饥饿的人们都会像过去一样前往德尔斐神庙，求问怎样才能让神灵解除对他们的惩罚。

神谕是这样说的:“让埃阿科斯替你们求情吧！”

很快，希腊各地的使者都来到埃吉娜岛上，大家都有一个共同的愿望。埃阿科斯得知以后，爬到岛上的最高处向宙斯献上祭品，乞求他发发慈悲，解除希腊人的饥荒。

他的愿望立刻就变成了现实。漫天的乌云在天空中翻滚，滂沱大雨落在了干涸的土地上，诸神对他们的惩罚结束了。

埃阿科斯还因为热爱真理和正义而闻名于世。由于人们深信他处事公正，便从全国各地来到埃吉娜岛，请他来解决家庭和邻里之间的纠纷。让人吃惊的是，不但凡人来这里求他帮忙，甚至神灵也来请他解决纠纷。

埃阿科斯的身影也经常出现在大型运动会上，他随时准备处理那些可能会出现的分歧。人民十分爱戴埃阿科斯，很多人参加运动会只为能看上他一眼。埃阿科斯是世界上有史以来最公正、最正直的人。

即使去世以后，埃阿科斯仍然继续承担着评断人们行为的职责。出于对他正直性格的认可，冥王让他出任冥府的要职，任命他、米诺斯和拉达曼迪斯为冥府的判官，根据死者生前的各种表现来决定奖惩。

埃阿科斯的妻子恩得伊斯来自迈加拉，他们生下了两个儿子——珀琉斯和忒拉蒙。前者是阿喀琉斯的父亲，后者是埃阿斯的父亲。在特洛伊之战中，埃阿斯是仅次于阿喀琉斯的第二个大英雄。

埃阿科斯不但公正，而且身强力壮。宙斯派阿波罗和波塞冬去把特洛伊的城墙加高的时候，他们请来了埃阿科斯帮忙，以为这样一来城墙就会真正坚不可摧，结果却适得其反。

城墙修建完成后，有三条蛇想爬过城墙到城里面去，前两条蛇从神灵修建的地方爬，结果还没爬到墙顶就摔下去死了。不过，第三条蛇选择从埃阿科斯修建的地方爬，顺利爬过城墙钻进了城里，嘴里还发出嘶嘶的可怕声响。随后阿波罗预言道，希腊人将要占领这里两次，而且每次队伍里都有埃阿科斯的后代。他的预言最终果然应验了。赫拉克勒斯第一次攻破特洛伊城的时候，埃阿科斯的儿子忒拉蒙是第一个破城之人；特洛伊城第二次沦陷的时候，他的孙子埃阿斯又在攻城的队伍之中。

埃阿科斯用智慧和爱心治理埃吉娜岛。农夫们辛勤劳作，迎来了一个又一个大丰收，人民过着前所未有的幸福生活。不过总有一些不好的事情发生。这次挑起事端的并非凡人，而是一个更加强大、更加冷酷的力量——女神赫拉。埃阿科斯是宙斯和其他女人所生，所以招致赫拉的憎恨。看到埃阿科斯已经成为大地上最受爱戴、最受尊重的人，赫拉决定实施一次可怕的报复。

起初，赫拉只放了一条水蛇过去。大家可能会想，一条小小的水蛇能给这么大的埃吉娜岛带来什么危害呢？其实危害正在酝酿之中。这条水蛇产下成千上万个蛇卵，很快，整个岛上到处都是水蛇，岛上所有的水源和泉眼都遭到了污染，人们很快就因缺水而饥渴难耐。紧接着岛上又出现了饥荒，这些蛇吃掉了地面上所有的庄稼，粮食库存即将消耗殆尽。

人们找不到一滴饮用水，只能用仅存的一些酒来湿润干渴的喉咙。一旦酒喝完了，形势就会变得越发不可收拾。好像觉得这些考验还不够似的，作为整个灾难的最后一击，赫拉又从南方吹来了一股带着瘟疫的热风。就这样，饥饿、干渴和瘟疫最终彻底击垮了埃吉娜岛的居民。脸色苍白、瘦骨嶙峋的人们拉着瘦小的牲畜，艰难地走向祭坛，想献上祭品，心想也许这样，神灵就会怜悯他们。可是还没等他们献上祭品，就累得筋疲力尽、倒地身亡了。

最后，埃吉娜岛上只剩下埃阿科斯和他的家人依然活着，而且他的祈祷第一次没有得到神灵的回应，因为赫拉成功地把众神支到了离岛很远的地方。

即使这样，埃阿科斯最后还是想到了一个能够让宙斯听到他祈祷的办法。埃吉娜岛上有一棵神圣的橡树，它的种子来自多多那的一棵大树，多多那又是宙斯接受祭拜的地方。于是，埃阿科斯站在神圣的橡树下面，乞求人与众神之王给他帮助。他的祈祷刚刚结束，没有一丝云彩的天空就划过了一道闪电。闪电正是制造霹雳的神灵宙斯发出的信号，好让埃阿科斯知道宙斯已经听到了他的呼声。

就在这一刹那的亮光中，埃阿科斯看到树干旁边的蚁穴里有一长串蚂蚁正在成群结队地进进出出。他站在那里观察了片刻，然后举起双臂，朝着枝繁叶茂的橡树大声叫喊道：“啊，父亲宙斯！我知道是您救了我和家人的性命，而且还发出讯息让我们知道，从今往后您都会保护我们。不过如果没有人去耕耘大地、让大地结出果实，那我们活着还有什么意义呢？如果我是您的儿子，您也正如我心中所愿那样关心我，求您现在就把这些蚂蚁变成心地善良、身体强壮的劳动者，让他们给埃吉娜岛带来新的生机。”

埃阿科斯的祷告声刚落，橡树的树叶便哗啦啦地抖动起来，不过当时并没有刮风。埃阿科斯看到这种景象，心中立刻充满了希望。这时，埃阿科斯感觉到自己困得都快站不住了。于是，他在树根旁边坐了下来，立刻进入了梦乡。睡梦中，蚁巢又出现在他的眼前，无数只小蚂蚁从里面钻出来，立刻变成了人。这些男男女女、大人小孩在空旷的大地上四散开来。埃阿科斯走在他们中间，他注视着人们的脸庞，拥抱他们，亲吻他们，希望这一切不要结束。

可是忽然之间，他从睡梦中醒了过来，那个欢乐的场景在他的眼前消失得无影无踪，痛苦和悲伤再次浮现在他的脸上。埃阿科斯又看了一眼那个蚁巢，发现里面已经空空如也，一只蚂蚁也看不见了，深深的绝望再次涌上了他的心头。

突然，忒拉蒙上气不接下气地跑过来喊道："父亲，快起来！让人难以置信的事情发生了！"埃阿科斯立刻站起身来，不过他究竟看到了什么呢？原来，现在的埃吉娜岛上到处都是人。

男人和女人在地里耕耘，工匠们在修建房屋，优雅的少女们在小溪中汲水，孩子们正在无忧无虑地嬉戏玩耍，所有这一切就好像岛上从未发生过什么事情似的，埃阿科斯觉得很多人的面孔好像都曾在睡梦中见过。因此，他向宙斯乞求过的一切都变成了现实。如今，一个名为"密耳弥多涅人"的新种族开始生活在埃吉娜岛上。这个名字在希腊语里是"蚂蚁"的意思，而且他们中间将要诞生阿喀琉斯英勇无畏的战友，这些出色的密耳弥多涅人在特洛伊战争中立下了不可磨灭的功绩。

埃阿科斯的三个儿子分别是珀琉斯、忒拉蒙和福科斯。福科斯是家里的第三子，年龄最小，又最受父亲的宠爱，所以他遭到了两个哥哥的嫉妒。更糟糕的是，随着这个孩子逐渐长大成人，他的速度和力量都超过了两个哥哥。珀琉斯和忒拉蒙经常在运动会上所向披靡，别的选手根本不是他们的对手。不过现在，除了珀琉斯在摔跤比赛中仍然保持优胜以外，其余所有的桂冠都落入福科斯囊中。就这样，原来藏在两个哥哥心中的嫉妒，现在已经慢慢发展成对他的仇恨。

有一天，三兄弟都在运动场上，忒拉蒙掷出的铁饼偏离了路线，恰好砸在福科斯的头上，把他砸死了。珀琉斯和忒拉蒙两兄弟立刻被吓呆了，一方面，他们觉得兄弟的死是因为他们的疏忽造成的；另一方面，他们也害怕人们认为他们故意砸死自己的兄弟，因为所有人都知道他们极其痛恨福科斯。

于是，珀琉斯和忒拉蒙决定把福科斯的尸体偷偷埋掉。这样一来，他们就犯下了最为恶劣的罪行，而且更糟糕的是，他们竟然被人当场捉住了。果不其然，兄弟两人最担心的事情还是发生了。他们受到指控，罪名是蓄意害死了自己的兄弟。他们的父亲虽然无法相信这样的事实，不过仍然要求他们尽快离开埃吉娜岛，这可能也是当时能够做出的最好决定了。就这样，忒拉蒙去了萨拉米斯，而珀琉斯躲到了塞萨利的弗提亚城。

忒拉蒙在萨拉米斯一切顺利，而且由于才能出众，居然成了岛上的统治者。他胆识过人，为他在赫拉克勒斯率军队攻打特洛伊城的战斗中赢得了一席之地（有关这次战争的故事可以在本套图书的《特洛伊之战》中读到）。

不过，珀琉斯的故事就相对曲折得多。

珀琉斯到达弗提亚城之后，受到了国王欧律提翁的热烈欢迎，国王对他的遭遇还表示了同情。国王非常喜爱和赏识这个年轻人，不但把国家三分之一的土地送给他，还把女儿安提戈涅嫁给了他。不巧的是，在追击卡吕冬野猪的过程中，珀琉斯竟然失手杀死了欧律提翁，这次可怕的意外再一次给他的生活蒙上了阴影！

命运再次遭到如此沉重的打击，让珀琉斯陷入了深深的绝望之中。他居然杀死了自己的恩人，而且这个人还是自己的岳父！虽然现在弗提亚城的王位毫无疑问要传给他，但是他不能容忍自己的双手沾有欧律提翁的鲜血。

就这样，他放弃了王位，把妻子留给她母亲照顾，然后独自一人开始流浪。命运将他的脚步引到了邻国伊俄尔科斯，他在那里偶然邂逅了国王阿卡斯托斯。虽然流浪的艰辛让他看起来像个乞丐，但是阿卡斯托斯很快认出他并非一个普通的流浪者。的确，如果仔细打量他的模样，就能够发现写在他脸上的痛苦也无法掩盖他的高贵。

国王忍不住问道："陌生人，你是谁，你为何事而烦恼？在伊俄尔科斯，我们会给任何一位旅人提供食物和住处。只要需要帮助，我们一定会心甘情愿让他如愿以偿。"

听说此人正是埃阿科斯的儿子珀琉斯，以及他的良心正经受着何种折磨之后，阿卡斯托斯仍然热情地接待了他，并请珀琉斯到王宫做客。他让年轻人不要纠结于杀死欧律提翁而产生的负罪感，而且还像父亲一样，帮助他摆脱压在心头之上的悲伤。

就这样，珀琉斯的心情似乎开始慢慢恢复正常，并且重新有了勇气面对自己的妻子。这时，一个新的打击又迎头袭来：阿卡斯托斯的妻子阿斯梯达弥亚王后疯狂地爱上了珀琉斯。一天，趁丈夫不在，王后向年轻人袒露了心迹，而且还对他说道："我要把我的爱、美貌和财富都给你。阿卡斯托斯死后，整个王国也将属于你。"

不过，珀琉斯的回答竟然远远出乎了她的想象。

“我爱我的妻子，我尊敬您的丈夫。他是我的朋友，是帮助过我的人。你想要的东西，我无法给你。”

这些话让阿斯梯达弥亚很受伤。这个女人不但没有感到羞愧，反而走出了更邪恶的一步。她竟然让人给珀琉斯的妻子安提戈涅送去这样一封信：“因为我非常爱你，我必须把你丈夫的打算告诉你。他再也不会回到你的身边了，他打算娶我的女儿为妻。”

安提戈涅收到信后，似乎感觉到她的生活将永远暗无天日。她失去了父亲，现在丈夫也要背叛她。这个打击实在太残酷了，安提戈涅根本无法承受。这个不幸的女人不知道阿斯梯达弥亚的话只是谎言，最后，她竟然用一根绳子结束了自己的生命。

面对自己的行为所造成的可怕后果，邪恶的王后竟然没有感到丝毫的不安，心里只想着怎样才能利用安提戈涅的死把珀琉斯据为己有，因为年轻人自然不会知道妻子为何结束自己的生命。不过，她很快发现珀琉斯为此事伤心欲绝，所以她感觉如果这个时候再有什么新的举动，肯定是十分不明智的。

“只能再等待机会了！”她自言自语道。

时光流逝，转眼就到了为纪念珀利阿斯国王而举行运动会的时间了。运动员们将从希腊各地赶来，为争取桂冠而战。在他们中间，有一个名叫阿塔兰特的姑娘，她以跑起来像风一样而闻名。当时，没有人知道她同样精通摔跤，因为女性不能参加这项比赛。

珀琉斯是全希腊最优秀的摔跤手。由于他的名气非常大，所以，当他宣布要参加摔跤比赛的时候，其他选手全部退出了比赛，竟然没有一个人敢留下来向他发起挑战。

“我要挑战珀琉斯！”阿塔兰特叫道。

所有人都被惊呆了。

“怎么会有这样的事情？！女人和男人摔跤？这是从来没有过的事情！”一个裁判抗议道。

“但是我们还能有什么办法呢？”另一个裁判回答道，“没有一个男人想跟他比赛。我们非常了解这两位选手，知道他们绝对会遵守规则，绝对不会做出任何有损于这项神圣比赛的事情。”

“我同意你的说法，”第三个裁判附和道，“应该允许他们比赛。”最后，所有裁判都同意让他们比赛。于是，摔跤比赛如期举行，两人最后打成了平局。

两个选手在摔跤场上所展现出来的技巧和力量让在场的观众都叹为观止。而此时此刻，王后阿斯梯达弥亚躲在树后密切关注着场上的一举一动。她看到珀琉斯摔跤的对手是阿塔兰特，而且这个女人竟然这么勇敢和令人敬畏，王后的心跳开始加速。也许是出于嫉妒，也许是出于单纯的倾慕，她对英雄从未消失过的感情又再次复燃，激情在她的血管里面奔流着，变得越发不可收拾。

“我必须尽快行动，”她自言自语道，“一定要赶在阿塔兰特夺走他之前。他妻子早就死了，现在是有她没我，有我没她！”

不过，阿塔兰特根本没有爱上珀琉斯，珀琉斯也没有对她动心。所以，当阿斯梯达弥亚向他再度表达爱意的时候，珀琉斯冲着王后发起了火。

“你爱怎么想那是你的事，”珀琉斯大声说，“不过你不能说别人也像你一样那么无耻。你无权再一次要我背叛国王，因为他给了我庇护，而且给了我友谊！”

这些话阿斯梯达弥亚一点儿也听不进去，心里只想着珀琉斯竟然一再拒绝和羞辱她。尽管她嘴上什么也没说，内心里却已是翻江倒海。

“他一定要为此付出代价，”王后恶狠狠地说，“而且要比第一次更加惨重！”于是，跟以前斯忒涅玻亚和菲德拉曾经做过的事情一样：阿斯梯达弥亚在自己丈夫面前捏造事实，诬陷珀琉斯对她图谋不轨，想陷害珀琉斯。

“阿卡斯托斯，”王后对丈夫说，“我必须告诉你，珀琉斯竟然恩将仇报，辜负了你对他的信任。”

“你这话是什么意思？”国王疑惑地问道。

“我的意思是说他竟然想偷走你的妻子！”

“偷走谁，偷走你吗？我简直不敢相信！”阿卡斯托斯吃惊地问道。

“是的，”他无耻的妻子回答说，“这太令人难以置信了，他必须受到严厉的惩罚。”

“怎么惩罚？”阿卡斯托斯问道。

“如果不处死珀琉斯，他可能还以为是我求情才轻饶了他死罪，”阿斯梯达弥亚说，“也许他还会故技重施。”

“我完全同意你的说法，”阿卡斯托斯用很为难的口气回答说，“不过，我不能处死我的客人，如果这样，宙斯就会怪罪于我们。假如我们违反了他制定的好客原则，灾难就会降临这里。”

“我只想让珀琉斯去死，”阿斯梯达弥亚冷冷地反驳道，“随便什么办法都行。”

于是，阿卡斯托斯想找到一些可以借刀杀人的办法，这样一来，他就用不着亲自动手了。最后，他决定派珀琉斯到皮立翁山猎取藏在那里的野兽。

“如果他有罪，就让野兽把他除掉，”阿卡斯托斯决定道，“那样的话，对他的惩罚就是神灵的事，不是我的事了。”于是，他把一些值得信赖的猎手朋友叫来，给他们讲了自己的烦心事，然后指示他们把珀琉斯带到山上，让他去捕猎那些最凶猛的野兽，直到他被野兽杀死为止。

珀琉斯是一个勇敢的狩猎高手。他欣然同意了国王的安排，跟随阿卡斯托斯的朋友一起前往皮立翁山。他杀死了很多野兽，但自己依然毫发无损。同现在的猎手一样，当时的猎手喜欢炫耀自己的能耐。为了保证自己说的话不会受到怀疑，珀琉斯每杀死一个野兽，就把野兽的舌头割下来，装进腰上的袋子中，这次狩猎他依旧如此。

不过，其他猎手对此当然毫不知情。所以他们在吹嘘自己从未完成的壮举时，往往会添油加醋，心想这样一来，肯定就会给珀琉斯留下深刻的印象。就这样，他们把珀琉斯猎杀的野兽都收集了起来，想吹嘘说这是他们自己的战果。

“如果珀琉斯能够活着回来，”其中一个猎手说，“我们要笑话他空手而归。如果他生起气来挑衅我们，那就不要怪我们不客气！”

“这个想法非常好！”另一个人赞同道，“如果这个办法真的起作用了——很可能会的，那阿卡斯托斯一定会好好奖励我们的。”

“他来了，”第三个人小声说道，“似乎根本没有受伤。现在，我们的机会来了！”英雄走近的时候，这个人用嘲弄的口气向珀琉斯喊道：

“珀琉斯，今天运气不好吧？我们还把你当成猎手了呢！”

“连只野兔也没打着？！真糟糕，是不是？”一个人首先开口讥讽道，“看看我们的成果，你看看这些野兽！”

“干得漂亮！”珀琉斯挖苦道，“不过你能不能告诉我，为什么你们杀的动物都没有舌头？如果我说错了，请你们原谅我，也许他们有舌头。”

其他的猎手用疑惑不解的眼神望着珀琉斯，然后去查看那些被杀死的野兽。果真全部没有舌头。

“这又能说明什么问题呢？”一个猎手轻蔑地反驳道，居然不甘心承认这个事实。

“这只能说明一点，”英雄回答说，“这些动物死了，但是它们以自己嘴巴里的舌头为证，说你们都是骗子。”说完，他把腰上袋子里的一串舌头拽了出来。

捕猎就这样结束了。不过跟他们当初预想的不一样，猎手们并没有和珀琉斯发生争吵，反而内讧不断。如果不是珀琉斯把他们分开，也许他们还真打起来了。

捕猎的结果传到阿卡斯托斯处，他心中感觉十分懊恼。不但他的谋杀计划落了空，而且自己的朋友也跟着受到了侮辱。

“全都是些窝囊废！”他自言自语道，“看来只有我亲自动手了，否则什么事也办不成。”于是，他动身去找珀琉斯。

“我们再去皮立翁山打一次猎，”他对珀琉斯说，“不过这一次就我们两个人去。”

珀琉斯欣然同意。两人连续走了几个小时，都感觉十分疲惫，于是他们在一个小溪旁坐了下来。珀琉斯喝完水，躺下来又休息了片刻。由于全身困乏，他很快就睡着了。

“正合我意！”阿卡斯托斯开心地笑了，然后他把同伴的刀拔出来，藏在不远处动物的粪便中。

这把刀是珀琉斯唯一携带的防身工具，而且是一件神奇的武器，是赫菲斯托斯的杰作，没有什么能逃过它闪闪发亮的刀刃。

“没有这把刀，他必死无疑！”阿卡斯托斯幸灾乐祸地说道，“如果他在这里碰到了我想让他碰到的东西，他就再无生还的可能！”说完，他马上藏了起来，留下珀琉斯一人在那里睡觉。

不一会儿，一阵马蹄声把英雄从睡梦中惊醒。他站起身想看看来的到底是什么人，映入他眼帘的不是狂奔而来的马群，而是一些显然来者不善的人马。珀琉斯意识到自己的处境后，立刻拔刀准备战斗，结果却发现刀鞘里面的刀不见了。他急忙喊叫着向阿卡斯托斯求救，但是发现他已经不见了踪影。就在这时，人马使劲蹬起后腿，准备掷出手中的长矛。珀琉斯顿时感觉头发都竖了起来，他没有武器，而且还要孤军奋战。现在，他明白了，自己被出卖了。

“为什么阿卡斯托斯要这样对我？”珀琉斯感觉非常疑惑，“不管怎样，我还要准备战斗！”于是，他捡起石头和折断的树枝朝人马扔去。

不过形势对他十分不利。假如这些凶猛的家伙再靠近一点，他们的长矛肯定就要刺中珀琉斯。突然，有一个人马从身后的灌木丛中蹿了出来，珀琉斯知道自己这一次无论如何都逃不掉了。

但是，这个人马并没有向手无寸铁的珀琉斯发起进攻，反而转过身向他的兄弟们举起双臂喊道：“我们不能对无辜的受害者下手！”

“‘无辜的受害者’？你说什么？他玷污了我们的溪水，所以他必须死！”

“他没有伤害到你们，而且现在是赤手空拳。”

“如果他赤手空拳，那就再好不过了。他现在是没有伤害到我们，但是如果让他继续活着的话，将来就会伤害到我们。让开，别挡路，这一次我们不听你的！”

珀琉斯仔细打量着这个为自己说话的人马。此人不仅头发胡须皆白，而且神情严肃，目光深邃，他一定是喀戎——那个聪明和智慧赛过神灵的人马。喀戎的眼力过人，他立刻发现了兽粪堆下面藏的是什么东西。

他用蹄子把粪堆拨开，那把刀立刻露了出来。他迅速弯腰捡起刀，把它扔给了珀琉斯，然后大声喊道："现在大家都要小心！我给他的这把刀拥有不可思议的魔力，没人能躲得过它的一击。"

珀琉斯立刻伸手去接刀。等他的手指握住刀把以后，立刻变得杀气腾腾。人马们停下了前进的脚步，面色迟疑地望着珀琉斯。只见英雄用力把刀高高举起，准备进攻。

“马上后退，不然你们就要完蛋！”喀戎大声叫道。

他的话音刚落，人马们立刻转过身向树林奔去。他们之所以这样做，并非因为害怕珀琉斯，更是因为不敢违逆聪明的老大哥喀戎的指令。

没过多久，阿卡斯托斯出现了。

“你这个叛徒！”珀琉斯咆哮道，并且再次举起了手中的刀。

“只有神灵知道我们两个谁是叛徒！”阿卡斯托斯回击道。他也怒气冲冲地拔出了自己的刀。

“你们两个都不是叛徒！”喀戎大声喊道，“是阿斯梯达弥亚背叛了你们。”然后，这个伟大的预言家把事情的前因后果讲给他们听。

“可怜的安提戈涅！”珀琉斯和阿卡斯托斯同时大叫了起来，然后又紧紧地拥抱在了一起。

“阿斯梯达弥亚要为此付出沉重的代价！”阿卡斯托斯接着说道。

“她的确要付出代价！”喀戎说。

阿斯梯达弥亚被判处了死刑。不过两位朋友对她发了善心，愿意给她留下一条生路，可是复仇女神不愿意轻饶她。后来，阿斯梯达弥亚疯了，在孤独和寂寞中悲惨死去。

随后，珀琉斯返回弗提亚城重掌王位。后面故事的精彩之处都与他的第二次婚姻有关。

珀琉斯的第二任妻子是一位女神。对凡人而言，这的确是难得的荣耀。

通常来讲，神灵娶一个凡间的女子并不少见，但是一个女神嫁给一个凡间的男人，此前还从未发生过。

那么，珀琉斯是如何娶到一个神灵为妻的呢？这件事本身就是一个传说。

嫁给珀琉斯的女神名叫忒提斯，是海神老涅柔斯的女儿中最漂亮的一个，这些海仙生活在蔚蓝色的海底深处。不过，忒提斯嫁给珀琉斯并非自愿，而是奥林匹斯诸神的决定。在这件事情上，他们并不理智。

这位美丽的女神深得宙斯的喜爱，宙斯一直想娶她为妻。不过忒提斯并未答应这桩婚事，倒不是说她觉得宙斯的吸引力不足；相反，她自己也对宙斯青睐有加，只不过碍于面子，不想得罪自己的好姐妹赫拉罢了。

不管怎样，宙斯对忒提斯一往情深，但是他不知道命运女神已经写下了她的宿命：如果忒提斯结了婚，她的儿子将来要比他自己的父亲更加强大。这个秘密只有提坦巨神普罗米修斯知道，而且他还知道如果宙斯娶了忒提斯，她的儿子将来就会推翻宙斯的王位。

普罗米修斯一直没把这个秘密告诉宙斯，因为宙斯用锁链把他锁在高加索山脉的一块巨石上。后来，普罗米修斯决定把这个秘密告诉宙斯，宙斯这才知道这桩婚事将会产生多么可怕的后果。

“忒提斯也不能嫁给其他神灵，”宙斯心里盘算着，“只能让凡人做她的丈夫。

如果那样的话，不管她的儿子将来有多么强壮，也不会对奥林匹斯山构成威胁，因为这个孩子充其量只是一个凡人。”

忒提斯听到宙斯的决定后，难过得无以言表。女神赫拉没有忘记海神的女儿一直以来对她的体贴和友爱，于是便跑来劝慰忒提斯。

“我当然知道，女神的丈夫应该是神灵，不能是凡人，”她对忒提斯说，“但是宙斯的决定无论对错与否，都无法改变。有这么一个人，各方面都可以与神灵相媲美，让他做你的丈夫也差不多配得上你。”

可怜的忒提斯当然有口难言。即使这个男人各个方面都能够与神灵相提并论，但是有一点他始终无法与神灵相比：她可以永葆青春，但丈夫是一个凡人，会慢慢变老，终有一天会死去。她心里清楚，如果自己的丈夫越善良、越高贵，他去世的时候带给她的痛苦就会越多，这样的婚姻对她而言，到底能有什么吸引力呢？她到底做错了什么才会有这样的命运？原本她只要愿意，就可以嫁给宙斯，并且现在应该已经是女神中的佼佼者了！

“看到你这么难过和纠结，我心里很不好受，”赫拉继续说道，“不过有一个人我希望你能考虑一下，他是一个备受人神敬重和喜爱的英雄，是一个高贵的国王，他的名字叫珀琉斯，他的父亲是埃阿科斯，而埃阿科斯又是宙斯的儿子。还要告诉你的是，命运女神已经写下你的未来：你要给他生一个儿子，这个儿子命中注定要成为全希腊最伟大的将领。”

“这样的话，我不单单要为丈夫的死难过，还要为儿子的死流泪，”忒提斯反驳说，“还有哪个女人的命运比这更残酷啊？”

“我知道你心中的感受，”赫拉轻声安慰道，“不过我想再说一遍，宙斯已经做出了这样的决定。”

“那就再听一下我的决定吧！”忒提斯怒气冲冲地说，“如果要我嫁给珀琉斯，他必须在摔跤时赢了我！”

赫拉当然十分清楚这句话的含义，于是她失望地离开了。因为她知道，如果论摔跤的水平，忒提斯能够打败众神和所有的人。赫拉返回奥林匹斯山后，心情沮丧地把忒提斯反抗的想法告诉了众神。

众神听了之后都很吃惊。他们清楚，这样的比赛，珀琉斯肯定不是忒提斯的对手，即便这是宙斯本人的意愿，他们的婚事也肯定无望。不过，爱神阿佛洛狄忒表现得十分轻松。

“在这种比赛中，还有一种力量也许能够取得胜利，”她微笑着说，“那就是爱的力量！”

宙斯对爱神说的话心领神会。于是，众神经过商议后决定接受忒提斯提出的条件，而且派喀戎去把这个消息告诉珀琉斯。与海神的女儿不同，珀琉斯对比赛的前景反倒十分乐观。

至于这场摔跤比赛，他对喀戎说道：“即便她的摔跤水平比阿塔兰特高，我也要打败她；为了能够打败她，我愿意拼尽全力。”

“她摔跤的水平可能比不上阿塔兰特，”喀戎回答道，“不过在力量方面，你的第一个对手跟她无法相比。忒提斯和她父亲老海神涅柔斯一样，在打斗中能够突然变身为狮子、蛇、公牛或者水，这恐怕是你要面对的最大困难。”

珀琉斯对此并不担心，他决意参加比赛，并且对比赛充满了信心。无论他的那个漂亮对手要变成什么模样，他都会赢的。

“现在，所有我能够做的事情就是告诉你在什么地方可以找到她，”喀戎最后说道，“你要去皮立翁山最南端的赛披亚斯海角，那里有一个忒提斯神庙。每当月圆之时，女神就会来到海岸上。下面就要全靠你自己了。”

在下一个月圆之时，珀琉斯来到海岸，藏在树丛中焦急地等待着。突然，黑暗中的海水掀起了波澜，忒提斯出现了。她身材高挑，端庄可人，长着一双蔚蓝色的眼睛，珀琉斯立刻就被她的美貌迷住了。无论在现实中还是在睡梦中，他还从来没有见过拥有如此美貌的人。想到这个漂亮的尤物将有可能成为自己的妻子，他不禁感到一阵狂喜。

“我一定要打败她，”珀琉斯坚定地说，“否则我宁愿去死。”说完，他立刻扑向女神，抓住了她的腰。忒提斯惊叫了一声，心中不免有些害怕。不过，当她看清楚自己的对手以后，立刻愤怒地发起了进攻。忒提斯猛烈反击，可是珀琉斯紧紧抓住她不放。她拼命想挣脱，珀琉斯的双手仍然像铁钳一样死死抓住她；接着她又试图让珀琉斯摔倒，但是依然不能奏效。看到眼前的这个对手如此强大，她认识到只有使出浑身解数才有可能战胜他。

“要给他点儿颜色看看！”她上气不接下气地说着，然后立刻变成四溅的水花，将珀琉斯全身上下浇了个透；随后忒提斯又变成一股旋风，想把珀琉斯吹倒；接着她又变成一头狮子，用爪子在他身上抓出血印；然后她又变成一只马蝇，疯狂地叮咬着自己的目标；随后她又化身为一条蛇，死死地缠住他的身体。她进攻得越起劲，珀琉斯的反击就越猛烈，而且不管付出多大代价，他下决心要打赢她。忒提斯最后变成一只巨大的乌贼，珀琉斯去抓她的时候，就向他全身喷射墨汁。

但是无论出现什么情况，英雄始终没有放弃希望，仍然牢牢地将她控制住。女神看到无论如何都不能让他放弃战斗，而且不管她怎么变，他都会死死抓住她。忒提斯被珀琉斯的勇气深深地打动了，她放弃了伪装，又变回了原来漂亮的模样。

珀琉斯立刻将她紧紧拥在怀里，好像生怕失去她似的，而此刻的女神也完全没有了想逃走的念头。可爱的少女含情脉脉地注视着英雄，终于投入他的怀抱。忒提斯放弃了反抗，珀琉斯赢得了女神，是爱的力量使原本无法实现的事情变成了现实。阿佛洛狄忒的预言再次成真。

此后不久，珀琉斯和忒提斯举行了他们盛大的婚礼，众神都来参加。不过就在这里，厄里斯心生嫉妒，丢下了那个带来不和的金苹果，上面刻着“献给最美丽的女神”字样。虽然只有几个字，但是给人类带来了巨大的灾难。

这个扣人心弦的故事将出现在本套图书的《特洛伊之战》中。它足以证实普罗米修斯之前的预言：忒提斯的儿子长大后要比他的父亲更加强大。此人就是阿喀琉斯，是著名的特洛伊战争中最伟大的希腊英雄之一。

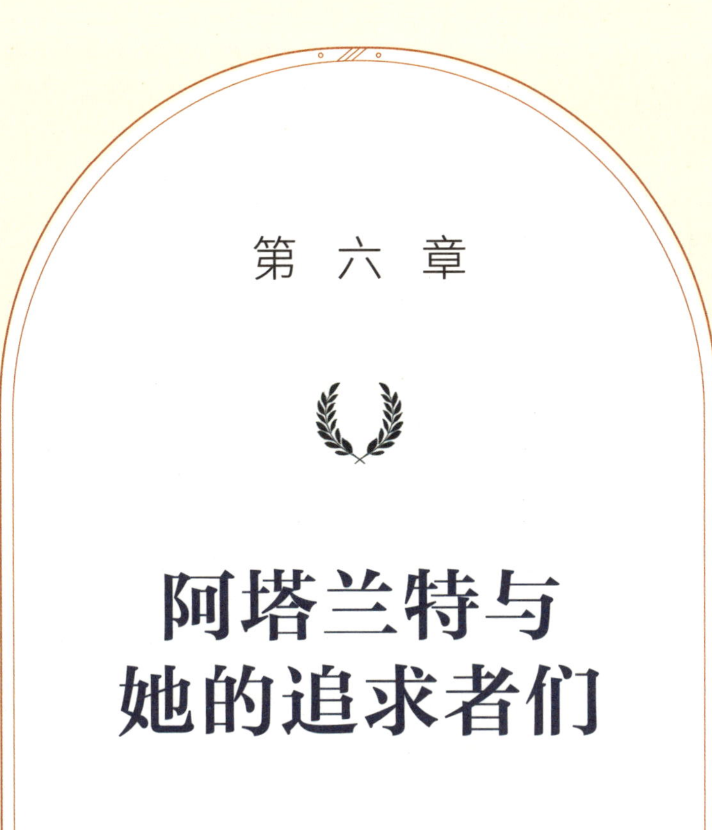

第六章

阿塔兰特与她的追求者们

阿卡迪亚的国王伊阿西翁马上就要做父亲了，他急切盼望妻子能给他生个宝贝儿子好继承自己的王位。不过王后生下的是个女孩，不是男孩。国王为此非常生气，他让仆人把这个刚刚生下来的孩子扔到山里。不管妻子和父母怎么求他，都无法打动这个残忍的国王。就这样，这个可怜的孩子被带到遥远的地方，丢在卡吕冬附近的森林里。不过有一只母熊发现了她，觉得她可怜，便给她喂奶，把她像小熊崽一样喂养。就这样，小姑娘幸免于难。后来，一些猎人偶然发现了她。小姑娘在猎人的照顾下渐渐长大，每天跟着他们出去寻找食物。她既健康又活泼，能像山羊一样敏捷地在山间跳跃，像小鹿一样在林间飞奔。

长大后，她成为一名出色的女猎手，奔跑的速度可以媲美女神阿尔忒弥斯。于是，阿塔兰特的名字很快传遍了整个希腊。虽然当时的运动比赛不允许女性参加，但是对阿塔兰特来说是个例外。她经常和年轻的男子同场比赛，在射箭和奔跑比赛中也屡战屡胜；在摔跤方面，她也无人能敌，常常让其他的摔跤手因为失败而蒙羞。最后，她竟向珀琉斯发出了挑战，他可是所有摔跤手中最令人生畏的一个。每当比赛结束，她都会站到领奖台上领取优胜者的桂冠，台下高声欢呼，这时候人们也许会想，她可能不只是技巧或速度项目上的常胜将军，很可能是从奥林匹斯山下凡的伟大女神。

她的才能和美貌赢得了每一位勇士的心，大家都梦想娶她做自己的妻子。可是，阿塔兰特热爱着山间无拘无束的生活，无意成为别人的妻子。只要有英雄想牵她的手，她都会这样对他们说："如果你想娶我，就必须跑赢我。"

当然，由于世界上没人能够比得上她奔跑的速度，所以阿塔兰特仍然过着自己喜欢的生活，呼吸着山野间自由清冽的空气。

英雄墨勒阿革洛斯对阿塔兰特倾慕已久，不过，由于担心被打败就会蒙羞，所以他一直把爱藏在自己的心中。墨勒阿革洛斯是一位非常出色的运动员，但是他心里清楚，如果挑战阿塔兰特，跟她一比高下，自己肯定要落下风。就这样，他一直深藏着这份感情，直至后来娶了国王伊达斯的女儿克勒俄帕特拉。但他从未忘记阿塔兰特，这一点在对卡吕冬野猪的围猎中表现得十分清楚。

墨勒阿革洛斯是卡吕冬国王俄纽斯的儿子。在墨勒阿革洛斯七岁那年，命运女神找到他的母亲阿尔泰亚，警告说，如果炉子里的那块木头烧尽了，她的儿子就会死去。听到这话，阿尔泰亚立刻用水浇灭了炉火，然后取出那块烧焦了的木头，把它藏在一个箱子底部。

就这样，墨勒阿革洛斯不仅活了下来，而且长成了一个健壮帅气的小伙子，一个在同龄人中出类拔萃、无人能敌的大英雄。没有什么武器能够伤害到他，也没有什么疾病或者危险能够将他打倒，只有等他母亲藏起来的那块木头烧尽了，他才会死去。

墨勒阿革洛斯的父亲俄纽斯为拥有这样的儿子感到十分骄傲。为此，他每年都要给众神献上丰厚的祭品，感谢他们给了自己权力和财富，而且感谢他们赐予他如此优秀的儿子来继承卡吕冬的王位。不过有一年在祭祀众神的时候，国王出现了一个严重的纰漏：他唯独忘记了给阿尔忒弥斯献上祭品。

太阳神赫利俄斯在天上看到了所有的一切，而且察觉到俄纽斯出现的疏忽。由于他事先已经给阿尔忒弥斯说过，要向她报告凡人对她表现出的任何不敬，因此，俄纽斯不敬的事情很快就传到了女神的耳朵里。卡吕冬为此遭到了十分可怕的惩罚。有一只长着粗大獠牙的大野猪，把地里所有的东西都连根拔起，它毁坏庄稼，捣毁牧人的小屋，把人和动物一律杀掉。有一些冒失蛮干的家伙认为自己可以除掉野猪，结果却根本不是它的对手，很快就被它杀死了。

俄纽斯想除掉野猪，让自己的国家摆脱灾难，但是他深知这样做会有多么艰难。于是，他决定邀请众多英雄，组成一个浩大的猎杀团队，这些人中间当然少不了他自己的儿子墨勒阿革洛斯。

于是，在俄纽斯的号召下，全希腊最坚强、最勇敢的人聚集到了一起。他们中有来自斯巴达的卡斯托耳和波吕丢刻斯、来自弗提亚城的珀琉斯和欧律提翁、来自萨拉米斯的忒拉蒙、来自雅典的忒修斯、来自拉里萨的珀里托俄斯、来自伊俄尔科斯的伊阿宋、来自斐莱的阿德墨托斯、来自阿尔戈斯城的安菲阿劳斯，以及来自忒革亚的安凯俄斯和克甫斯。队伍中当然不能少了阿塔兰特。

所有男性猎手都受到了同伴的热烈欢迎，但是有人对阿塔兰特的加入表示了反对。

“我们为什么要和一个女人一起去狩猎？”安凯俄斯不满地说。

“她只会给我们带来厄运！”克甫斯接着说道。

可是，墨勒阿革洛斯勇敢地为阿塔兰特大声辩解道：“她是我们中间最优秀的猎手！”

克甫斯认为他所言极是，便不再说话。不过安凯俄斯反驳说：“开始打猎以后我们就会知道，谁才是最好的猎手！”

“你很会说话，但缺少智慧。”墨勒阿革洛斯应声说道。最后，所有人都同意让阿塔兰特一同前往。

俄纽斯盛情款待了众猎手们九天。到了第十天，他们准备出发，每个人都跃跃欲试，想亲手杀死野猪，如果成功的话，不仅能够得到这个怪物的毛皮和牙齿，而且能够为自己赢得尊敬和荣耀。

围猎开始了。猎狗们冲在最前面，它们一边嗅着地面上的气味，一边使劲地狂吠，想把野猪从它的巢穴里赶出来。

不过，有两个人马正从这里经过，吵闹声吸引了他们的注意力。看到阿塔兰特独自一人跟在猎犬后面，模样楚楚动人，两个人马立刻变得欲火中烧，冲过来图谋不轨。就这样，一场激烈的打斗在他们和阿塔兰特之间爆发了。

好色的人马根本没有想到，阿塔兰特长得这么漂亮，身体里居然蕴藏着如此强大的力量。当时，墨勒阿革洛斯刚好离得不远，看到阿塔兰特有危险，立刻跑过来准备施以援手。不过，他很快意识到，阿塔兰特根本不需要什么帮助，因为两个人马已经被打倒在地。目睹了整个过程的人都对这个姑娘充满了敬意，而且认为安凯俄斯非常不公平，刚才竟然想把她排除在围猎的队伍之外。

很快，猎犬发现了野猪的踪迹。野猪向猎手们猛然发起了攻击，并且把挡在路上的人都拱翻在地。墨勒阿革洛斯和阿塔兰特正好在远离野猪的一侧。片刻之后，在这个体形比普通野猪大一倍的怪物的攻击下，两名勇士不幸牺牲，还有两名勇士受了重伤，猎手们都站在那里被惊得目瞪口呆。

与野猪交战的第一个回合，他们的队伍就遭受了如此大的伤害，那么后面等待着他们的又是什么呢？不过，伊阿宋、忒修斯和忒拉蒙鼓起勇气，用长矛和弓箭向野猪发起了攻击，但是根本奈何不了它。这个畜生以闪电般的速度向各个方向猛冲，根本不可能仔细瞄准它再进攻。

尽管忒拉蒙射出的一根箭命中了野猪的背部，对它而言却根本无关痛痒。几秒钟后，珀琉斯射出的箭被野猪抖搂下来，正好命中欧律提翁的胸部，把他杀死了。又损失了一个同伴，这让猎手们不由得沮丧起来，他们怀疑这头野猪可能得到了某种神力的保护，或许这种神力就来自阿尔忒弥斯本人。这只野猪好像无法被战胜，他们在围猎中的表现如此不堪，致使自己的伙伴付出了血的代价。

阿塔兰特和墨勒阿革洛斯两人冲过来的时候，当时的情形就是如此。不过，女猎手射出的箭让整个形势瞬间发生了逆转，这支箭砰的一声射中野猪的脑袋，位置恰好在猪耳朵的下方。只见这个野兽发出了一声惨叫，拼命挣扎着想站起身，不过它的气数已尽。

英雄们欢呼着向阿塔兰特表示祝贺，只有安凯俄斯讥笑着说道："这也能叫射箭？！我倒要让你们见识一下男人的能耐！"说完，他抡起战斧，用力向野猪砍去。不过，这怪物突然调转方向，躲过了砍来的斧头，斧头正好落在安凯俄斯的双腿之间。就这样，安凯俄斯再也无法成为男人了。

野猪一边惨叫，一边转着圈跑，试图用自己的蹄子把阿塔兰特射中它的箭拔掉，但是这样只会让伤口变得更大，鲜血喷涌而出。此后，猎手们又射中了第二箭，这一次是安菲阿劳斯的功劳，野猪的一只眼睛被射瞎了。怪物发出了痛苦的惨叫声，企图夺路而逃。不过，这一次是忒修斯挡住了它的去路。因为害怕，野猪用尽全力径直向忒修斯冲去。不过为时已晚，只见墨勒阿革洛斯从侧面闪现，像闪电一样把锋利的宝剑插入怪物的身体，正好刺中了它的心脏。现在一切都结束了，这个可怕的怪物躺在地上死掉了。至此，围猎卡吕冬野猪的战斗画上了句号。

不幸的是，阿尔忒弥斯复仇的怒火还没有平息。她无法接受这样的结果，因为卡吕冬人对她如此不敬，把她当作一个次要的小神，竟然忘记给她敬献祭品。不过幸运的是，墨勒阿革洛斯剥掉猪皮后，把它送给了阿塔兰特。就这样，挽救阿尔忒弥斯受伤的自尊心的时机终于来了。

“你的箭先射中了要害，”墨勒阿革洛斯说，“这个奖励属于你。”墨勒阿革洛斯的舅舅普勒克西波斯听到这些话后，立刻跳起来反对。

“你有什么权力把奖励送给阿塔兰特？”他质问道，“你杀死了野猪，如果你不想要皮毛，那么我想要——因为我在这儿的资历最老。”

“荣誉属于阿塔兰特，”墨勒阿革洛斯回应道，“如果不是她射伤野猪，我永远不能把它杀死；况且，即便没有我的最后一击，它也会因伤而死。事实就是如此。”

“事实是你已经被一个女人弄昏了头！”普勒克西波斯的兄弟讥笑地说，同时用愤怒的目光看着年轻人。

墨勒阿革洛斯怒不可遏，怒火让他忘记了自己用剑指着的那两个人正是母亲的兄弟们。就这样，在看不见的阿尔忒弥斯的唆使下，他亲手杀死了这两个人。

跟墨勒阿革洛斯的母亲一样，他两个舅舅也来自普琉戎，那里居住着库越特族人，每个人都是残暴的战士。死讯传到这些人耳朵里，他们立刻向卡吕冬人宣战。阿尔忒弥斯的目的已经达到了。

“卡吕冬将被夷为平地！”阿尔忒弥斯幸灾乐祸地说道。

可是，卡吕冬人在墨勒阿革洛斯的领导下，不仅抵挡住了库越特族人的进攻，还把他们赶回普琉戎的要塞，他们不得不在那里躲藏起来。虽然卡吕冬人把这个年轻人视为他们的救星，但是有一个人渴望看到他倒台，此人正是墨勒阿革洛斯的母亲本人。

阿尔泰亚始终无法相信，自己深爱着的亲生儿子竟然杀死了自己的两个兄弟，而且还再次羞辱了她的整个家族，因为她的另外两个兄弟正像老鼠一样被困在普琉戎的城堡里。阿尔泰亚所有母爱的本能变成了仇恨，她日日夜夜向冥府的统治者哈迪斯和珀尔塞福涅祈祷，希望他们来把儿子抓到黑暗的冥府去。

墨勒阿革洛斯听说此事之后，感到非常难过。他立刻停止追击库越特族人，把自己和妻子克勒俄帕特拉关在屋内，心里悲愤难当。他无论如何也想不明白，自己的亲生母亲竟然盼着他死掉。

卡吕冬人失去了领袖，他们的命运立刻发生了逆转。库越特族人冲破了卡吕冬人对普琉戎的围困，转而开始反击给他们带来痛苦的人。他们一路上见人就杀，肆意破坏。卡吕冬人乞求墨勒阿革洛斯重返战场挽救卡吕冬，但是并未成功。

墨勒阿革洛斯对父亲的命令置若罔闻，对妻子和姐妹们的哀求无动于衷。就连他的母亲看到灾难即将降临卡吕冬城时，也开始后悔起自己曾经说过的那些话。她请求墨勒阿革洛斯拿起武器，趁时间还来得及，把敌人赶回去。

不过，墨勒阿革洛斯受到的伤害如此之深，他居然固执地对所有人的意见都充耳不闻。此时此刻，库越特族人已经攻破城门，进入卡吕冬城内。为了复仇，他们到处疯狂地烧杀抢掠。他们来到墨勒阿革洛斯的门前，准备把整个屋子毁掉，但是他依然不为所动，他的怒火和固执已经达到了极点。

最后，克勒俄帕特拉跪在他的脚下，流着泪央求他一定要在最后时刻救救卡吕冬城，可怜那些就要被掠走为奴的妇女和儿童。她对墨勒阿革洛斯说："难道你愿意看到自己的妻子和姐妹被掠走、蒙受羞辱？！"

最终，这些话打动了英雄的心。他一跃而起，穿上闪亮的盔甲，拿着武器向敌人冲了过去。即便只是看他一眼，就足以让库越特族人闻风丧胆。为了躲避他射出的夺命之箭，他们抱头鼠窜。很多人因为跑得不够快，被射死在地上。

几个小时之内，卡吕冬城就赶走了入侵的外敌。那些侵略者逃回普琉戎，躲到要塞中避难。不过，在墨勒阿革洛斯杀死的人中间，有他的另外两个舅舅，这是他做过的最糟糕的事情。阿尔泰亚知道自己的儿子夺走了她最后两个兄弟的生命之后，心中的仇恨再次燃烧了起来。她再次请求神灵，一定要为她复仇。

“如果凡人杀不死他，那你们肯定行！”阿尔泰亚大声喊道。她抱怨的声音如此响亮，持续的时间如此之长。最后，命运女神来到了她的身旁。

“你呼叫神灵是没有用的，”她们告诉她说，“他们什么也做不了。你只要把从火焰中取出来的那块木头重新扔回去就行了。”

阿尔泰亚听到这些话，立刻就跑开了。她怀着对儿子的满腔仇恨，把放置木块的箱子打开，取出那块已经存放了很多年的黑色木块，把它重新扔到火里。

当时，阿波罗正好从奥林匹斯山下来加入了战斗，墨勒阿革洛斯正在追击库越特族人。当那块木头烧成灰烬的时候，阿波罗举起弓箭，夺走了英雄的生命。

就这样，墨勒阿革洛斯不能被凡人夺走的生命，最后被神灵夺走了。他带着悲伤和痛苦，来到了鬼魂遍布的黑暗王国。到这里，墨勒阿革洛斯的故事也该结束了。这个故事非常悲惨，据说赫拉克勒斯听到后眼里也涌出了泪水。

至于阿塔兰特，由于在围猎卡吕冬野猪的战斗中赢得了美名，她的父亲最终接受了她。而且作为父亲，他现在十分关心这个女儿，甚至想要给她找一个丈夫。

迈拉尼昂向阿塔兰特求婚，这个小伙子也参加了围猎卡吕冬野猪的战斗。不过，骄傲的姑娘不愿意失去自由，她千方百计想逃避迈拉尼昂的追求。

她对父亲说：“我要和他赛跑。迈拉尼昂可以提前出发，只要他先到达终点，我就嫁给他；如果我中途超过了他，我就要杀了他。”

阿塔兰特十分自信地认为，她的追求者可能连接受这个挑战的勇气都没有。不过，迈拉尼昂对她一往情深，决定要冒这个险。

幸运的是，阿佛洛狄忒总愿意帮助真正相爱的人，这一次她也赶来助年轻人一臂之力。她交给迈拉尼昂三个金苹果，告诉他只要看到阿塔兰特跑近了，就在路上扔下一个金苹果。

迈拉尼昂严格按照女神的吩咐行事。眼看阿塔兰特要第一次追上他的时候，他就朝身后扔出第一个苹果。圆圆的苹果在阳光的照射下发出了耀眼的金光，阿塔兰特根本无法抵御它的魅力，就蹲下身子去捡苹果。在后面的比赛中，他依次扔出了第二个和第三个苹果。于是，迈拉尼昂率先冲过了终点线。

英雄因胜利而感到非常高兴，阿塔兰特也希望迈拉尼昂能赢。于是，她张开双臂，接受他做自己的丈夫。

两个年轻人立刻举行了婚礼，不过他们并未享受多长时间甜蜜的爱情，就因为在宙斯神庙的花园里面过夜而遭到了惩罚。宙斯对此十分生气，竟然把他们两个变成一对石狮，彼此哀怨地注视着对方。他们永远被定格在了时间里，彼此无法交换温柔的话语和拥抱。就这样，他们永远留在了那里，成为路人同情的对象。这种同情在神灵之间非常少见，在人类的心中却更容易涌现。

第七章

比萨国王珀罗普斯的诅咒

“啊，宙斯，你这个冷酷的暴君！你对人类毫无怜悯之心，你创造了他们，却让他们的一生充满荆棘和苦难。”

如果伟大诗人荷马用如此严厉的言辞斥责人与众神之王宙斯带给奥德修斯的苦难，那么究竟用什么样的词语才足以描述命运之神带给俄狄浦斯的痛苦和不幸呢?

俄狄浦斯出生之前，命运就早已注定。他的父亲拉伊俄斯背负了一个可怕的诅咒。当时拉伊俄斯到比萨国王珀罗普斯家做客，他羞辱了国王英俊的儿子克律西波斯，使王子羞愧难当而选择了轻生。

珀罗普斯对儿子的死感到悲痛欲绝，他怒吼道:“拉布达科斯之子，你让我痛失爱子，我也要你遭受同样的痛苦。我诅咒你永远不会有儿子，即便你有了儿子，他也要亲手将你杀死！”

拉伊俄斯并未将珀罗普斯的话放在心上。他返回位于忒拜的家中，继承了父亲拉布达科斯的王位。可是，拉伊俄斯迟早有一天要为自己犯下的罪孽付出代价，不仅是他，他的整个家族也将难逃厄运，甚至连无辜的俄狄浦斯也要受到牵连。多年以后，拉伊俄斯娶墨诺扣斯的女儿伊俄卡斯忒为妻，两人婚后一直没有孩子。可是孩子对拉伊俄斯来说至关重要，因为需要有人来继承他的王位。

“我得去德尔斐的阿波罗神庙一趟，”拉伊俄斯对妻子说，“问一问那里的祭司，到底出了什么问题，我想求神灵赐给我们一个孩子。”

虽然伊俄卡斯忒并不十分相信神谕，但她还是点头同意了。于是，拉伊俄斯准备好祭品，启程前往德尔斐神庙，祈求能够得到阿波罗的帮助。

然而，阿波罗女祭司的话让拉伊俄斯感到万分恐惧。

“拉布达科斯之子，”女祭司威严地传达着神的旨意，“你祈求享受身为人父的天伦之乐，你的愿望将要实现。不过，你的儿子将会亲手杀了你，你们整个家族也将会在骨肉相残中灰飞烟灭。克律西波斯不能白死，这是克罗诺斯之子宙斯的意志。”

听了女祭司的话，拉伊俄斯低着头，忧心忡忡地回到忒拜。

“这么说珀罗普斯的诅咒是真的？”拉伊俄斯自言自语道。在回去的路上，拉伊俄斯一直苦苦思索着怎样才能逃避神灵的惩罚。

一回到王宫，他就对王后伊俄卡斯忒说道：“从今天晚上开始，我们就分房睡！”

“为什么？”伊俄卡斯忒惊慌地问。

“因为这样，我们就永远不会有孩子了。”

“你现在竟然告诉我你不想要孩子？”伊俄卡斯忒大吃一惊。

“不，我当然想要自己的孩子。但是德尔斐神庙的祭司告诉我，将来我要死在亲生儿子的手上！”

伊俄卡斯忒并不像丈夫那样担心神谕所预示的厄运。

“大部分神谕都没有应验，”她故作轻松地说，“我们都渴望得到一个儿子，可你现在竟然说再也不抱希望了！”

拉伊俄斯的想法不会轻易改变，但伊俄卡斯忒对孩子的渴望依旧强烈。有一次，她借王宫举行宴会的机会，对丈夫耍了花招，将其灌醉后跟他睡在了一起。

九个月后，让拉伊俄斯忧心忡忡的那个男婴如期降生。伊俄卡斯忒的愿望终于得以实现，她心里十分高兴。可是，拉伊俄斯害怕神谕将会成真，一心只想着怎么才能除掉这个亲生儿子。于是，他把出生还不满三天的孩子交给一个忠心耿耿的牧羊人，命令他把孩子扔到基喀戎山上，让野兽吃掉。

为了防止孩子侥幸逃脱，拉伊俄斯还用铁棍穿透孩子的脚心，用绳子把孩子的双脚捆了起来。然后，拉伊俄斯命令牧羊人把孩子捆到树上。看到牧羊人眼中流露出的惊恐神色，拉伊俄斯威胁道：“照我说的做，不然我就亲手宰了你！”

“放心吧，陛下，我一定会做。”牧羊人战战兢兢地回答。正当牧羊人准备离开王宫的时候，他听到了一阵绝望的哭声，那是王后伊俄卡斯忒因为失去宝贝儿子而痛哭不已。对一个母亲而言，无论她贵为王后还是贱如乞丐，失子之痛都会让她肝肠寸断。

王后的号哭让牧羊人动了恻隐之心，他试图想尽一切办法挽救这个可怜的小生命。

牧羊人在山上碰到了给科林斯国王波吕玻斯放羊的老朋友。他知道这个朋友心地善良，便把事情的经过原原本本地讲给他听。

“把小家伙交给我吧！”牧羊人的朋友说道，“我会把他送给科林斯国王波吕玻斯。国王正好没有儿子，他一定很乐意收养这个小家伙。”

“有一件事你一定要记住，”拉伊俄斯的牧羊人千叮万嘱，“千万不能让任何人知道孩子是我交给你的。就说你自己发现了他，再随便撒个谎糊弄过去，千万千万不能让别人知道这孩子是忒拜国王的人交给你的。”

两个人商量好后，把绑在孩子脚上的绳子解开，清洗干净孩子的伤口。科林斯的牧羊人小心翼翼地抱起孩子，把他带回去交给科林斯国王波吕玻斯。

得到这个意外的礼物，国王波吕玻斯和王后梅罗佩喜出望外。夫妇俩一直没有孩子，所以，他们决定把这个可怜的孩子抚养成人，将来还要让他继承王位。当务之急是要给孩子起个名字，看到孩子的双脚伤得那么厉害，他们决定给他起名“俄狄浦斯”，也就是“肿胀的脚”的意思。

俄狄浦斯在王宫里度过了自己的童年时光，他深信波吕玻斯和梅罗佩就是自己的亲生父母。时光荏苒，俄狄浦斯已经长成一个英俊强壮、睿智勇敢的小伙子，除了跑跳的项目之外，他几乎擅长所有运动。因此，他也备受同龄人敬佩。不过，美中不足的是，他的脾气十分火爆，这一点倒和他的亲生父亲拉伊俄斯相似。

在一次宴会上，有个年轻的贵族子弟借着酒劲嘲讽俄狄浦斯，他忘了自己嘲笑的对象将来要继承科林斯的王位。

俄狄浦斯对此十分生气，他当着众人的面训斥了这个醉汉，不料却遭到了更加疯狂的反击：“野种！你真以为波吕玻斯是你的亲生父亲？”

“你说什么？你这个混蛋！”俄狄浦斯咆哮着。盛怒之下，他一拳将这个愚蠢的家伙打倒在地。

但从那时开始，俄狄浦斯的心里就备受煎熬。父母知道此事后极力安慰他，说他就是他们的亲生儿子。但俄狄浦斯仍旧不能释怀，决定只身前往德尔斐神庙祈求阿波罗的神谕。在向女祭司提问之前，俄狄浦斯已经做好了最坏的打算，即便听说自己是最卑贱的乞丐的儿子，他也要坚强面对这个现实。

可是，从女祭司嘴里得到的答案让俄狄浦斯感到毛骨悚然。

“年轻人，你遭到了可怕的诅咒，它会让你弑父娶母，并生下遭到人与众神唾弃的孩子。赶快离开王宫，永远不要再回来。”

俄狄浦斯惊恐万分，误以为神谕所说的亲生父母就是波吕玻斯和梅罗佩，于是决定不再返回科林斯，而是前往他的生父拉伊俄斯生活和统治的城市忒拜。

巧合的是，拉伊俄斯也正好在从忒拜前往德尔斐神庙的路上。当时，忒拜正遭受一个名叫斯芬克斯的怪物的威胁，拉伊俄斯想去德尔斐神庙祈求神谕，以挽救整个国家。在传令官和三名仆从的陪同下，拉伊俄斯驱车前往神庙。正如命中注定的那样，素不相识的父子两人在一个窄到只能通过一辆马车的岔路口相遇了。俄狄浦斯根本不知道那是国王的马车，所以他也没有往路边让一让，心想马车一定可以从那里通过。

“快让开，年轻人！”拉伊俄斯大声喊道，“让长辈先过去！”

“除了父母和神灵，我没有别的长辈！”俄狄浦斯反驳道。他不但没有给马车让路，反而想抢在前面过去。

“我要把你碾成肉酱，你这个不知天高地厚的杂种！”拉伊俄斯的车夫怒吼道。他猛拉缰绳，沉重的车轮从俄狄浦斯的左脚上碾了过去。与此同时，拉伊俄斯也挥起手中的鞭子，重重地向俄狄浦斯的脸颊抽去。

接下来发生的事情就可想而知了：剧烈的疼痛让俄狄浦斯怒火中烧，他抄起武器向国王的胸口狠狠地打了一下。这一击实在太重了，拉伊俄斯立刻从马车上摔了下去，倒地身亡。国王的侍卫掏出武器把俄狄浦斯围了起来，但谁也不是他的对手，纷纷败下阵来，只剩一个人吓得连武器都没有拿出来就夺路而逃了。

结束了岔路口的激战，俄狄浦斯继续朝忒拜城走去。他做梦也没有想到，自己刚刚杀死的人正是这个国家的国王，而且还是自己的亲生父亲。经过菲基昂山的时候，俄狄浦斯正好看见怪兽斯芬克斯盘踞在路边的岩石上。

斯芬克斯是个可怕的女妖，是提丰和厄喀德娜的女儿，她长着女人的头和乳房，拥有狮子的身体、雄鹰的翅膀、钢铁般的利爪和龙牙一样锋利的尾巴。全忒拜人都活在她的恐怖阴影中，她的利爪能把人和动物开膛破肚，所有敢于

挑战她的人都惨死在她的利爪之下。她惯用的招数就是挡住来人的去路，抛出一个棘手的谜题，答不出就把他吃掉。据说，只要有人能够解开女妖的谜题，她就会恼羞成怒地从山上跳下来，把自己摔死。不过，那也仅仅是一个传说而已，因为至今还没有人能够活着回来。

看到这个凶残的女妖后，俄狄浦斯勇敢地向她走去，决心要把忒拜人民从斯芬克斯的控制中解放出来。否则，他宁愿和其他英雄一样英勇献身。

女妖看到俄狄浦斯后，并没摆出半点儿进攻的姿态，她更乐于用难题来羞辱这个英雄。

“有一种动物早上用四条腿走路，中午用两条腿走路，晚上用三条腿走路，告诉我这是什么动物？”她问道。

俄狄浦斯思索片刻就有了答案：“是人。人刚出生的时候，要手脚并用爬行，因此是四条腿；长大后，人用两条腿走路；到了老年，人需要用拐杖才能行走，所以是三条腿。”

俄狄浦斯的话音未落，斯芬克斯已气得暴跳如雷。她当即从岩石上跳了下去，随着一声巨响，女妖斯芬克斯一动不动了。就这样，俄狄浦斯凭借着自己的智慧，不费吹灰之力拯救了忒拜。所有因为惧怕女妖而被迫四处躲藏的人都跑过来拥抱俄狄浦斯，他们将胜利的英雄抬了起来，满心欢喜地返回了忒拜城。

与此同时，那个在岔路口幸存下来的侍卫也返回了忒拜。他不敢把国王遇害的真实情况告诉别人，因为他没有勇气承认，当时他们都是被一个无名小卒打败的。于是，他撒谎说，一群强盗袭击了他们，国王和其他人都遇害身亡了。

等国王死去的痛苦在人们的心中稍稍平息之后，王后伊俄卡斯忒的哥哥克瑞翁把所有人召集在一起。

“忒拜的父老乡亲，”他对大家说道，“坏事真是接踵而至，我们生活在斯芬克斯的恐怖笼罩之下，现在不幸的是国王也遇难了，他死在前往德尔斐神庙祈求神谕的路上。由于没有王位继承人，我们国家将无人管理。一艘船如果没有了船长，它就注定去不了远方；假如船长遇到了像斯芬克斯这样的挑战，无论他多么优秀，这艘船也将身陷险境。现在我宣布，只要有人能够拯救忒拜于危难，杀死斯芬克斯，王位就属于他，拉伊俄斯的妻子伊俄卡斯忒也将成为他的王后。”

听完克瑞翁说的话，忒拜人都惊恐万分。

就连城里最勇敢的人都难逃斯芬克斯的魔爪，谁还敢去自寻死路，向怪物发起挑战呢？

正在大伙儿焦头烂额的时候，一个信使跑了回来。

“乡亲们！”他大喊道，“斯芬克斯被打败了！我们再也不用害怕她了，有一位勇敢的英雄解开了谜题，怪物从山上跳下去摔死了。”

这个消息真是令人难以置信，一时间，所有的人都在议论纷纷。一些人喜极而泣，另一些人则将信将疑。很快，一大群人兴高采烈地抬着俄狄浦斯从最大的城门进了城，把他带到克瑞翁面前。

至此，所有人的疑虑都烟消云散，吃人的女妖已死，正是这个英雄拯救了城邦。作为奖赏，他得到了忒拜的王位和拉伊俄斯的妻子伊俄卡斯忒。

就这样，俄狄浦斯在毫不知情的情况下弑父娶母，并且得到了拉伊俄斯的王位。他还暗自庆幸，以为已经永远摆脱了命运的诅咒。他暗下决心，今生今世将永远不再踏上科林斯的土地。

只是可怜的俄狄浦斯还被蒙在鼓里。他怎能想到自己已经在无意中杀死了父亲，而且还娶了母亲为妻，这一切在他出生之前就已经注定了。这是阿波罗的意志，珀罗普斯的诅咒必须应验，冒犯他的拉伊俄斯就要遭到报应。

伊俄卡斯忒为俄狄浦斯生下了四个孩子：两个儿子厄忒俄克勒斯和波吕尼克斯，两个女儿安提戈涅和伊斯墨涅。神谕就这样一一应验了。俄狄浦斯和母亲生下的孩子既是他的子女，又是他的兄弟姐妹。不过，俄狄浦斯和忒拜人都被蒙在鼓里，这个真相只有城里的一个盲人先知泰瑞西阿斯清楚。每当俄狄浦斯走过他的身旁，先知都会把脸背过去，一言不发。

俄狄浦斯治国有方，因此深受忒拜人的爱戴，而且一直被他们视为忒拜的大救星。在此后的很多年中，俄狄浦斯的统治再也没有遇到什么风波，他自认为是世界上最快乐的人，而且深信诸神也对他宠爱有加。

不过，奥林匹斯山上的众神并未忘记拉布达科斯的后代们要付出的代价。如果说这份惩罚来得晚了一些，那并非因为俄狄浦斯无意之中弑父娶母的罪恶已经得到谅解，或者说神灵已经淡忘了珀罗普斯的诅咒。现在他不受罚，而且正享受着无穷尽的人间欢乐，仅仅是为了将来在悲剧来临时，让他更加凄惨。

这到底是为什么呢?

仅仅是为了让人类知道诸神的强大。

是的，尽管俄狄浦斯是无辜的，但是众神并没有忘记他。命运弄人，竟然还让他亲自去揭开事实的真相。当蛛丝马迹显露以后，无论它多么让人难以接受，不管自己将要为此付出多大的代价，俄狄浦斯都必须继续下去，直至曝光所有真相。由于无辜的人往往比有罪的恶徒更会受到良心上的折磨，因此，俄狄浦斯坚持要对自己施加常人难以忍受的惩罚，希望以此得到内心的安宁。

所有这些情节都在索福克勒斯不朽的悲剧《俄狄浦斯王》中得到了生动的描述，它也是我们下面所讲故事的依据。

第八章

忒拜国王俄狄浦斯

——改编自索福克勒斯的剧作

真是祸不单行，全城百姓刚刚从斯芬克斯的恐怖阴霾中挣脱出来，又一场更严重的灾难降临到忒拜城，全城人再一次陷入了绝望之中。无奈之下，忒拜的祭司们带领众人祈求诸神的庇佑，人们在这样的重压之下痛苦地挣扎着、呻吟着，以至渐渐不堪重负，相继死去。

绝望之中，在宙斯神庙的祭司的带领下，长老们聚集在王宫门前，越来越多的年轻人和孩子不断加入他们的队伍，所有人的脸上都写满了恐惧和痛苦。大家手里拿着圣洁的树枝，虔诚地敬献于王宫外诸神的祭坛之上，然后跪在王宫的大门前。

俄狄浦斯走出宫门，脸因为痛苦而抽搐着，他焦急地向人群询问着：

“我的子民们，古老的卡德摩斯家族的后人啊，你们为什么跪在祭坛之前，还将圣洁的树枝放在上面？看到这么多人跪在王宫门口，我知道必须亲自出来倾听你们的声音。尊敬的长老，那就请您先讲吧！”俄狄浦斯对宙斯神庙的祭司说道，“您最能代表其他人，请告诉我，你们为什么到这里来。为了你们的需要，我将尽我所能，我能够感受到你们跪下时遭受的痛苦。”

“伟大的俄狄浦斯！”祭司回答道，“看看这些孱弱的孩子，还有那些正处在花季的青年男女，再看看这些饱经风霜的老人，还有我这个宙斯神庙的祭司，我们大家都拜倒在您的祭坛前。城里的其他人也跪在下面，他们有的跪在雅典娜女神的两座祭坛前，有的跪在伊斯墨诺斯的先知祭坛前。我们的城邦正遭受着一场史无前例的巨大浩劫，粮食颗粒无收，牲畜染病死去，婴儿胎死腹中。唉，即便这样，我们遭受到的苦难还不算完。光明之神阿波罗在忒拜散播了一种骇人的疾病，它正在无情地屠戮您的子民。所有人都沉浸在失去亲人的痛苦之中，哈迪斯的冥府充斥着那些亡灵的呻吟和哭喊声。

“这便是我们为什么要跪在您家族祭坛前的原因。跪在这里的所有人，无论长幼，都相信您有能力让我们再次逢凶化吉。您的实力虽然不及天神，但您是整个城邦中最睿智的人。您曾经拯救我们于斯芬克斯的魔爪之下，因此我们相信，不管是求助于诸神还是凭借您的力量，您一定有办法再次拯救我们于危难之中。求求您，俄狄浦斯，求您快点儿救救我们的城邦吧！如果再耽搁就晚了。要知道不论是坚固的城池还是先进的战船，如果没有了人，那就任何价值也没有了。”

“我的子民，”国王回答道，“我了解忒拜正在遭受的一切，我也能感受到你们的痛苦，可是你们不知道我比你们更加痛苦。我所感受到的痛苦不仅来自我个人，也来自整个城邦。不要以为我正在坐以待毙，其实你们没有看到我这些天来总是坐卧不安，绞尽脑汁去想办法拯救我们的城邦。首先，我们要弄明白为什么诸神会对我们有这么大的怨气，我已经派克瑞翁去德尔斐神庙请求神谕。他好几天前就已经出发，现在还没有回来，这件事让我万分焦急。一旦他带着神谕回来，我就按照神的意旨行事。”

俄狄浦斯的话音刚落，克瑞翁就来到了王宫的门前。他的脸上写满了喜悦，顿时所有人都觉得忒拜有救了。

“快告诉我们吧，好兄弟！”俄狄浦斯对走过来的克瑞翁说道，“你从德尔斐神庙得到了什么消息，到底是好消息还是坏消息？”

“就现在的情况而言，只要能够摆脱苦难的消息就是好消息，”克瑞翁回答道，“只要我们按照神的意旨去做，一切都会好起来的。”

“别让大家着急，赶快当着大家的面讲出来吧，他们背负的苦难可要比我沉重得多。”

克瑞翁应声道：“神要我们必须将那玷污我们神圣领土的污秽清理掉。我们要放逐或者亲手杀死那凶手，这样才能洗净杀害所带来的罪恶。那罪恶就像受害者的血，如同毒雾一般弥漫在城邦的上空。”

“神谕所说的受害者到底是谁，凶手又是谁？”俄狄浦斯不解地问道。

“老国王拉伊俄斯，这个国家曾经的统治者。”克瑞翁答道。

“我只听说过他，但从没见过面。”

“因为他遭到了杀害，所以我们要按照神谕的要求惩罚那个无耻的凶手。只有这样，我们才能摆脱厄运的折磨。”

“可我们怎样才能找到这个祸国殃民的家伙呢？”

“认真研究每一条线索，就会有所收获。如果什么也不做，肯定一事无成。”

“你说得没错。但请你告诉我，拉伊俄斯是在哪里遇害的？”

“他是在前往德尔斐神庙的路上遇害的。因为斯芬克斯的肆虐，他想去请求神谕，看看到底怎么做才能让忒拜幸免于难，不过，他从此以后再也没有回来。”

“难道当时没有目击证人吗？他身边一个侍卫都没有吗？”

“您说得对。除了一个侍卫侥幸逃脱外，其余全部战死。但是，这个侍卫对我们也含糊其词，有用的线索实在太少了。”

“他到底怎么说的？再不起眼的线索也能为我们找到凶手提供帮助。”

“他说是一群强盗干的，是一群，不是一个。”

“如果不是有人有所预谋，强盗们怎么敢在光天化日之下杀害君王？看来我们可以沿着这条线索，顺藤摸瓜。”

“这也是我们所怀疑的。我们调查过这件事，但当时全国正处于非常时期，没能将事情查个水落石出，大家都充满了对斯芬克斯的恐惧。正因为如此，我们才会轻信那个幸存者编造的谎言。”

“现如今承蒙神的恩泽，我成了忒拜的君王，”俄狄浦斯对所有人说道，“我一定会让真相大白于天下。神灵维护着世间的公道，他们要为老国王伸张正义，这是无可厚非的。我会和你们一起，竭尽全力让城邦再次摆脱困境。这件事不仅是对受害者的一个交代，也是对我自己负责，因为，谁也不知道那个恶棍会不会对我也痛下杀手。立刻传令召集所有的公民，一切都交给我。相信在阿波罗的帮助下，我们一定会幸免于难，就算最后落个城破邦灭的下场，那也是神的意旨。”

俄狄浦斯讲完之后，祭司大声喊道：“起来吧，孩子们！我们伟大的国王已经答应要竭尽全力拯救我们。愿给我们神谕的光明之神阿波罗——我们的救世主，能够帮助我们结束苦难。”

人群慢慢散去，克瑞翁也随着众人一起离开。只有十五位长老留了下来，他们走到俄狄浦斯的面前，向他吟诵着一首赞歌：

啊，金碧辉煌的德尔斐神庙，
您带给忒拜人无尽的苦难！
我心乱如麻，我身在颤抖，
我敬畏您，太阳神阿波罗，
您向我们一再索取。
啊！请诸神的声音昭示，
让我们不安的灵魂回归平静。
先拜您，雅典娜，
伟大宙斯的不朽女儿；

再拜您，福玻斯·阿波罗；
还有您的妹妹，阿尔忒弥斯，
她的辉煌装点着广场。
我们现在跪下，祈求快快拯救灾难深重的忒拜！
你们曾拯救忒拜人于水火，
现在请你们再一次伸出援手。
快赶走嗜血的战神阿瑞斯，
鲜血早已浸透了他的战斧，
祈求你们快让他离开，
远些，再远些，越过那波涛汹涌的海面，
远到那冰冷的色雷斯湾，
远离我们温暖的家乡。
还有您，宙斯，伟大的众神之父，
您掌控闪电与雷鸣，
请用您的霹雳击碎这灾难，
还有狄俄尼索斯，我们城邦的守护神，
您的金冠闪亮如新酿的美酒，
请您做我们的朋友，
用您的烈焰，
向不知廉耻的恶魔复仇，
他根本不知道何为荣誉！

“尊敬的忒拜长老们，”俄狄浦斯回应道，“我相信只要从自身做起，大家各司其职，神肯定不会置你们的祈求于不顾。我虽然不是土生土长的忒拜人，也不可能卷入这场凶杀，但作为国王，找到这个祸国殃民的凶手，是我义不容辞

的责任。大家都听好：即日起，凡是给我们提供拉伊俄斯之死线索的人，都将得到奖赏，而且我承诺对此严密保护，不要有后顾之忧。不仅如此，举国上下都会感谢他的恩德。如果凶手正藏匿于人群之中，只要他肯出来忏悔，我答应将对其从轻处罚，知罪自首者只处以流放之刑。如果知情不报，不论什么原因，皆严惩不贷！所有人都将孤立他，不以片语与之交谈，不以尺寸之地予之祭祀，不以滴水予之吸吮。缉拿凶徒乃全民之责任，要让凶手无处觅得同情及帮助。阿波罗的神谕已经昭示，如今天怒人怨，异相丛生，皆为此人之过。

“众神在上，天地可证，我们都将全力以赴，以雪先王之耻！苍天有眼，愿神明降罪于此人，让他永世不得超生！若因我知法不依，监守自盗，藏匿此奸人于王廷，天子将与庶民同罪，那就请降下神罚，让我这个昏君死无葬身之地。天下人都听命于我，这样做都是为了平息诸神的愤怒，更是为了我们不堪重负的国家，甚至是为了我——这个曾经救你们于水火的人。因为我有义务替先王料理身后之事，你们要像缉拿杀害我生父的凶手一样重视这件事情，因为他是拉布达科斯之子，更是国父，高贵的卡德摩斯的后裔。诸神在上，请你们对那些不服管教的人降下神罚，保佑那些恪守职责的忠良。”

俄狄浦斯的激昂陈词结束后，全国最有威望的长老走到了台前。他说：“既然您的毒誓已发，现在若想找到那个凶手，诸神里也只有光明之神阿波罗能够帮助我们，但是没有人能够强迫神去做他不愿意做的事情。幸运的是，城里有一个叫泰瑞西阿斯的盲人，他拥有神赐予的预言能力，我们现在只能指望他了。”

“尊敬的长老，我同意你的看法，”国王俄狄浦斯回答道，“克瑞翁让我去请这位先知，我已经让他派两个传令官前往。奇怪的是，到现在他还没有来。”

“快瞧，泰瑞西阿斯来了！”长老们喊道，“啊，泰瑞西阿斯，请您救救我们的城邦，让它免遭毁灭。”说完，他们让出一条道，盲人先知在孩童的搀扶下走了过来。

等他走近后，俄狄浦斯对盲人预言家说道：“泰瑞西阿斯，此时此刻我们比以往任何时候都需要你的帮助，因为无论已知的还是未知的，你都明察秋毫。虽然你无法用眼睛看见，但是，你能够像我们一样感受到已经降临的灾难。不久以前，我从德尔斐神庙那里得到了一个神谕，它说：如果想摆脱诸神可怕的诅咒，就必须找到那些刺杀先王的凶手，将他们放逐或者斩杀。我们叫你来，是想借助先知的力量，告诉我们你所了解的事实真相，恳请你一定要答应我们的请求。尊敬的预言家，我们现在都仰仗你了，我们就指望你的占卜来拯救大家。救救我们吧，泰瑞西阿斯，请你帮助我们从邪恶的阴影中摆脱出来，用自己的才能帮助父老乡亲摆脱困境，还有什么能比这件事更让人感到荣耀的呢？”

伟大的预言家听出讲话的人是俄狄浦斯后，低下了头，一丝不悦浮现在他的脸上。

“即便你知道了也无能为力，”他回答道，“如果我早猜到你要问的问题，说什么我也不会到这里来。”

“真没想到你会这样说！”俄狄浦斯应声说道，“我已经没有别的选择了，只有你能帮助我。”

“你还是放我走吧！这对我们双方都有好处。”

“泰瑞西阿斯，这座城市养育了你，你竟然说出这么令人寒心的话。”

“唉，如果曝光真相，我就要身败名裂。我不希望有这样的命运，所以我还是离开为好。”

“看在诸神的面子上，留下来帮帮我们吧！我们向你下跪！”

“你根本不知道你要问的事情有多可怕，你也永远不会从我这里得到事情的真相，而且我也没有必要把它告诉你。”

“你到底在说什么呀，泰瑞西阿斯？你说自己知道真相，却不愿意告诉大家。你是想说你有能力拯救这个国家，却宁愿袖手旁观，是吗？”

“如果我说出了真相，对你我一丁点儿好处也没有。你还是不要再问了，你不可能从我这里打探到任何事情。”

“真没想到你竟是这样一个铁石心肠、固执己见的家伙！”

“你这么说，也只能证明你自己的固执罢了。”

“泰瑞西阿斯，听到你对自己的家乡如此冷酷无情，恐怕连石头都会气得站起来。”

“别生气！即便我不讲，你也会慢慢知道真相的。”

“既然我迟早都要知道，为什么你就不能说给我听？”

“唉，你要是有什么怒火就冲我发吧，但是你绝不可能逼我说出真相。”

“你真是逼人太甚！你以为我不知道你为什么总要躲着我吗？现在我终于知道你不告诉大家的原因了，因为你也是帮凶！要不是你双眼失明，我真怀疑就是你亲手杀了拉伊俄斯。现在看来，你还能做出更加伤天害理的事情！”

“哎呀，真是气人！明明你自己才是玷污了我们神圣领土的污秽！”

“你真不知羞耻！你以为这样就能蒙混过关吗？”

“没什么再对你隐瞒的，我已经把真相告诉了你。”

“你是怎么知道真相的？肯定不是通过预言吧！”

“这都是你逼的。如果我说出来，全都是因为你欺人太甚。”

“你敢再说一遍吗？我没有听清你刚才到底说了什么。”

“你是没听懂我刚才说的话，还是想让我再大声说一遍？”

“我只知道你恶毒地侮辱了我。”

“我不是侮辱你，我只是说出了真相而已。现在应你的要求，我再说一遍：那个杀害老国王的人并非别人，就是你自己！”

“又是一次恶毒的侮辱！你以为你能躲过惩罚吗？”

“我还有更多的话要讲，能把你气死！”

“你爱说那些愚蠢的故事就说吧，只不过你是在白费口舌。”

“那我可就说了，你和自己的亲人发生了龌龊的关系，自己却还浑然不知。”

“趁你还能喘口气儿，再多说点儿污言秽语吧！”

"事实就是如此，你不可能改变它而伤害我。"

"哦，是呀，事实便是如此，但事实绝不可能出自一个眼瞎心也瞎的老家伙之口。"

"我俩谁说得对，人们马上就会知道真相。"

"如果你没有表现得如此令人厌恶，我还挺同情你这个终日生活在黑暗之中的老者。现在你老实告诉我，到底是你自己要编造出这些谎言，还是在克瑞翁的授意之下所为？"

"克瑞翁？为什么要怀疑到他头上，他从没有想过要伤害你！明明是你让自己陷入命运的窘境的。"

"啊，我知道了，都是因为王权！它让你心生妒忌。没错，就是王权！不论一个君主有多么崇高，无论他如何拯救他的子民，都会有嫉妒他的小人！看看现在又出现了什么——一个蓄谋已久的夺权阴谋！我妻子的哥哥克瑞翁竟然在友谊的外衣掩护之下，藏着这么一颗狼子野心，想方设法要我早点儿让权，现在又妄想用一个贪图钱财、只会胡言乱语的猥琐小人来夺权。告诉我，骗子，你什么时候正确预言过未来？难道你在斯芬克斯肆虐的时候，曾经凭借你的预言拯救过大家吗？看来是没有，反而是我这个虽然没有任何权力，却聪明果敢的人拯救了民众。现在你为了让自己享誉天下，也为了你主人所渴望的权力，竟然在克瑞翁的授意下，一步一步实现你们的阴谋，最终达到将我放逐的目的。你们两个无耻之徒，你们要为自己的变节行为后悔终生的！他谋划着这一切，而你这个愚昧无知的老家伙只知道助纣为虐。"

"我们所有人都应该原谅那些失去理智而口不择言的人，"长老们说道，"对我们来说，现在最紧要的是要弄清楚神到底要从我们这里得到什么。"

"说得不错，但是侮辱要遭到报应，"泰瑞西阿斯坚持说道，"我不是俄狄浦斯的奴隶，我是阿波罗的仆人，所以，我有说话的权利。我告诉你，国王，你嘲笑我眼瞎，是因为你比我更瞎，你不知道自己现在有多堕落，不知道你现在坐在谁的王位上，也不知道自己到底和谁一起住在王宫里。

“想知道自己的父母是谁吗？有没有想过你与最亲近的人是死敌？他们有些还活着，有些已经不在人世。你能想象得到多么恶毒的诅咒已经悄然降临在你的身上，让你堕入无底的深渊吗？你能想象如果你知道了一切真相——你曾经杀过的人、你娶过的女人，还有那些乱伦生出来的后代到底是谁的时候，你在城中的哭喊声会有多么凄惨吗？趁你还大权在握，继续诋毁我和克瑞翁吧，因为不久以后，你的结局会比任何人都悲惨。”

“快滚回你主人那里去吧，我为什么非要在这里听你信口雌黄？”

“是你召唤我到这里的，俄狄浦斯。”

“我怎么知道你会这样胡说一气！”

“或许对你来说我是个胡言乱语的疯子罢了，但对生你的人来说，我的确是个先知。”

“你到底想说什么？到底谁是我的亲生父母？”

“从你知道真相的那一刻起，你所拥有的一切都将化为乌有。”

“你给我说清楚点儿，泰瑞西阿斯！”

“你真是枉为一个智者，难道你还不明白我在说什么吗？”

“你是在侮辱我。我在你的眼中就那么卑贱吗？或者说我凭借智慧得来的王位，仅仅是场骗局吗？”

“当你从神坛坠落的时候，你将比任何一个昏君的结局都要悲惨。”

“随你怎么说，我只知道我曾经拯救了忒拜。”

“你很快就会后悔来到这个世界上。我该走了，孩子，带我离开这里吧！”

“快点儿滚吧，滚得越远越好！不要再让我看到你！”

“用不着你赶，我会走的。谁让你如此不知好歹，我要把一切真相统统说出来。告诉你吧，杀死拉伊俄斯的人就是忒拜人，他就站在我的面前，等到真相大白，他就再也高兴不起来了。这个人不仅穿金戴银，而且大权在握，不过他即将双目失明，贫困潦倒，年老体衰，在异国他乡苟延残喘。到那个时候他才会意识到，他既是自己孩子的父亲，又是他们的兄弟，他的妻子既是自己的母亲，又是父亲的妻子，他的父亲惨死在他的手上。你回到王宫以后好好想想我说过的话，如果你还觉得我在撒谎的话，那你再继续说我是江湖骗子吧，不过那时候才算得上实至名归。”

说完了这些话，预言家抓着孩子的手离开了。俄狄浦斯返回王宫，此时此刻他满脑子都是预言家临走前说的话。那些话在他脑子里嗡嗡作响，让他不知所措。同时，那些不安的长老们再也按捺不住他们内心的担忧。

我们怎么可能相信
俄狄浦斯是个恶人？
我们英明的统治者
怎么可能会是侵害国家的阴霾？
他曾用智慧战胜斯芬克斯，
难道忒拜是因为他才遭受厄运的吗？
如今我们怎么能叫他叛徒？
我们怎么能松开
这个拯救城邦的最后希望？
我们尊敬泰瑞西阿斯，
但是我们相信，
只有宙斯和阿波罗才能掌控人类的命运。
而先知毕竟是跟我们一样的肉体凡胎，
他们的预言出现偏差也合乎情理。
智慧要比一切预言高明，
这是亘古不变的道理。

我们并不怀疑你，俄狄浦斯。

我们相信你依旧如初。

合唱队的歌声刚刚落下，克瑞翁就气势汹汹地冲了进来。他怒吼道："忒拜的公民们！我听说国王竟然无耻地诽谤我。我来这里就是为了证实这是真话还是谣言。"

"这是真话，"一个长老回答道，"是他在狂怒之下的气话而已，他都不知道自己当时在说什么。"

"他指控我和先知妄图用假预言谋反，这是无中生有！他竟然这样诬陷我，全世界的人都会认为我是一个搞阴谋的人。他怎么能这样胡说呢？"

"我不知道他到底是什么意思。快看，他在那里，他从宫殿里出来了。"

"你这个坏家伙！"俄狄浦斯吼道，"你哪来的胆子？竟还敢站在我的门前！你在我面前表现得忠诚可靠，背地里却密谋要推翻我！也许你认为我永远不会发现你的奸计，这样你就可以蒙混过关了。你怎么能愚蠢到认为自己能登基称王？权力并不是先到先得，而要交给那些拥有财富、勇气和智慧的人！"

"俄狄浦斯，你控告我，却连辩解的机会都不给我！"

"因为我知道你现在满肚子的坏水正愁没地方倒呢，可不能让你说话。"

"无论如何你都得听我辩解。"

"听什么？难道听一个恶棍辩解自己没做过坏事？"

"固执只会让事情更糟。"

"我有证据在手。"

"我洗耳恭听。"

"是不是你提议让我召见这位预言家的？"

"没错，这是我的主意。"

"那请你现在告诉我，从拉伊俄斯去世到现在有多长时间了？"

“已经有些年头了。”

“在拉伊俄斯遇害前，那泰瑞西阿斯是否有过预言？”

“不，他只是今天才说，他是个德高望重的老人。”

“那好，他是否说过关于我的事情？”

“据我所知，没有。”

“你难道没有派人去抓杀害拉伊俄斯的凶手？”

“正如我之前告诉你的那样。我们尽力了，但是什么线索也没有。”

“那为什么你的泰瑞西阿斯这么多年都没有指认凶手？”

“这我不知道。”

“为什么泰瑞西阿斯现在又确定凶手就是我？”

“我不知道他刚才到底说了些什么。”

“他明确说出了你们事先谋划好的阴谋，竟然诽谤我杀死了拉伊俄斯。”

“如果这真的是他所言，那我也是从你的口中得知的。现在我有一些问题要问你了。”

“随你问吧！你的阴谋永远不会得逞的！”

“我是不是王后的哥哥？”

“你当然是，这一点不容置疑。”

“在这个国家她是否拥有和你同等的权力？”

“她的意愿就是我的命令。”

“接下来是不是我也分享着同样的权力和荣誉？”

“以前是这样，但是你的不忠让你不配再拥有它们。”

“我没有谋反，只有昏了头的人才会谋反。想想看，到底是战战兢兢地统治国家好，还是舒舒服服睡安稳觉的同时又享受着统治者的特权好？我天生就属于第二种人，我所拥有的一切难道还不够多吗？我还奢望得到什么？无论我走到哪里都会备受尊敬，那些想得到你宠幸的人都来巴结我，因为我有能力决定

他们的愿望是否能够实现。我为什么会蠢到要放弃这种轻松又锦衣玉食的生活，而去选择那种高不可攀且遭人诅咒的生活？如果你想要证据，那你自己去问问神谕，看看我有没有在预言里添油加醋。如果确有此事，我克瑞翁随你千刀万剐，然后你再把我的权势奖赏给那些污蔑我的人。在你没有确凿证据以前，妄下结论是不对的，灾难会降临在背叛忠诚朋友的人身上。"

"他说得没错，陛下，"长老们说道，"在事态还未明了之前，千万不要妄下结论，这样会铸成大错。"

"话说得没错，但是如果一个人心急如焚，而另一个人气定神闲，就很容易看出这两个人的胜负了。"

"别废话了，你就说你想怎么处置我吧！"克瑞翁怒吼道，"难道你想流放我吗？"

"那种惩罚对你来说太轻了，我只用一种方式惩罚叛徒。"

"你不能在事情水落石出之前就杀掉我。"

"我做什么难道还要你同意吗？你难道没有密谋反叛你本该忠诚的君主吗？"

"在你如此混淆黑白的审判之下，我的确会考虑的。"

"胡说，我的审判最清楚不过，它告诉我，你已经坏到了极点！"

"如果你正被某种可怕的幻觉支配呢？"

"即使那样，你也只能去死。"

"你这个昏君，我不想死在你的屠刀之下！"

"混蛋，难道你没有听清楚国王说的话吗？"

"我也是国家的统治者！别以为你能一手遮天！"

"陛下，请您冷静，请您冷静！"首席长老恳求道，"王后来了，她来得真及时。相信她能让你们两人消除隔阂。"

"这到底是为什么？为什么你们竟然吵得面红耳赤？"伊俄卡斯忒叫道，"国家正遭受如此厄运之际，你们两人却在这里恶言相向？俄狄浦斯，快进来。还有你，克瑞翁，趁怒火还没有完全吞噬你之前，赶快离开这里！”

“伊俄卡斯忒，”克瑞翁喊道，“你丈夫要判我死刑！”

“因为我有你谋反的证据。”

“哦，伟大的宙斯，如果确有此事，就让您的霹雳将我击中！”

“俄狄浦斯，你要尊重誓言，诸神在上，没人会乱发毒誓的，”伊俄卡斯忒提醒道，“而且你也要好好听听我和长老们的意见。”

“是啊，陛下，”首席长老也应声道，“我们所有人都请您一定不能草率行事。”

“那你们想让我怎么做？”

“你不能对一个发过毒誓的人动手。”

“换句话说，你们是想让我判自己死刑喽？！”

“光明之神在上，怎么会？如果我有那样的想法，就让我死无葬身之地。可是，让我更不能接受的是，眼睁睁地看着自己的城邦走向灭亡。”

“那好吧！我尊重你的誓言，因为你是如此担忧城邦的命运。就算要冒着被流放或斩首的危险，我也不会伤害这个恶徒。但是我会恨他，就算他化成灰，也难解我心头之恨！”

“我知道你还是很不情愿，”克瑞翁说道，“等你的愤怒平息以后，你会后悔你所说过的话，因为你不是个坏人，像你这样的人只会给自己带来痛苦。”

“给我闭嘴！马上离开，我再也不想看到你。”

“我会走的。你待我如此不公，但我知道其他人都在为我鸣不平。”说完这些，克瑞翁忍着满腔怒火，大步流星地离开了。

伊俄卡斯忒说道：“诸神在上，告诉我你哪来这么大的火气？”

“你是我最敬重的人，我会对你直言不讳，这样你就知道克瑞翁到底有多么不忠了。”

“说吧，我想听听你为什么要指责他。”

“因为他诽谤我，而且还密谋反叛！他竟然还说是我杀害的拉伊俄斯！”

“这些都是我哥哥亲口说的吗？”

“不，他让一个冒充预言家的江湖骗子当众说的。”

“什么预言家？世界上没有任何人有这样的能力。如果你不相信我的话，就听我给你讲一个故事：先王拉伊俄斯曾经遭受过这样的诅咒，我不能确定是不是阿波罗亲口说的，但至少是从他的一个祭司口中得知的。祭司说拉伊俄斯将死在亲生儿子的手上，结果他却在岔路口惨遭强盗杀害。

“至于他的亲生儿子，那孩子还在襁褓之中的时候，拉伊俄斯就绑住他的双脚，把他丢到大山里自生自灭了。所以你看，神是不会让他的儿子长大后杀害自己父亲的，孩子的父亲更不会以可怕的方式死掉。这就是我让你不要在意预言家和神谕的原因，因为神不想让真相销声匿迹，总有一天它会大白于天下。”

“哦，亲爱的！你的这些话让我心神不宁，我感觉有点儿头晕目眩。”

“我到底说了什么让你这么难受？”

“你刚才是不是说拉伊俄斯是在岔路口遇害的？”

“这些大家都知道，事实便是如此。”

“这个地方在哪里？”

“在去往德尔斐神庙的路上，一个拐向道利斯的岔路口。”

“国王遇害是什么时候？”

“就在你成为忒拜国王前不久。”

“宙斯！你到底给我安排了什么样的命运？”

“亲爱的，你为什么这么痛苦？”

“我求你了，不要再问了。快告诉我拉伊俄斯的模样，他多少岁，脸上有什么特征？”

“他个子很高，头发已经花白，相貌跟你长得很像。”

“诸神啊！我自己发出的毒誓恐怕已经应验了！”

“亲爱的，你到底在说什么啊？你的脸色实在太吓人了！”

“我忽然觉得那位盲人是一个真正的预言家，快告诉我……”

“我会告诉你一切的，但你真的吓到我了。”

“国王当时带了多少人？”

“一共四个人。有一个车夫，还有一个人逃走了。”

“哦，该死的！一切已经水落石出，是那个逃出来的人给大家报的信吧？”

“是的，他是我们的奴隶。”

“他现在可在宫中？”

“没有。当他得知你要成为国王，就恳求我让他去偏远的山区放牧，我看在他多年忠心耿耿的分上就同意了。”

“能让他尽快回来吗？”

“我这就安排人去叫他。你要他回来做什么？”

“我叫他来做什么？我的意图还不够明显吗？”

“他会回来的。可是，我觉得你应该跟我说说，到底是什么事让你这般心神不宁。”

“啊，夫人，你是最适合听我倾诉心声的人！我不会对你有任何隐瞒，我父亲是波吕玻斯，我母亲是梅罗佩，我原本在科林斯生活得十分幸福，但是有一件事改变了我的一生。在一次宴会上，一个喝醉的宾客嘲讽我，说我不是父亲亲生的。我教训了那个家伙之后，就认真询问了我的父母。他们对此十分生气，却让我如释重负。可是，好奇的种子在我心中不断萌动。于是，我背着父母独自一个人去德尔斐神庙寻求帮助。阿波罗并没有直接回答我的问题，反而说我受到了诅咒，命中注定会弑父娶母，而且还会生下一些受人鄙视的后代。听到这个预言后，我就发誓再也不回科林斯了。于是，我就朝着与科林斯相反的方向走去，我相信只有这样，才能让我们一家人幸免于难。

“在前往忒拜的路上，就在拉伊俄斯遇害的那个岔路口，我遇到了一位传令官，他身后跟着一辆华丽的马车，车上坐着一个老人，跟你描述的拉伊俄斯的模样十分相似。我走到岔路口的时候，马车上的车夫和那个老人很蛮横地要我给他们让路，而且还咒骂我。我没有理睬他们的无礼举动，继续向前走，故意挡住了他们的去路。那里的道路十分狭窄，他们只能从我身旁走过去。等马车靠近我后，车上的老人扬起鞭子狠狠地打在我的脸上，出于自卫，我抄起手中的武器，使劲朝那老家伙的身上打去，他立刻从车上掉了下来，摔在路边的石头上死了。其余四个人见状，立刻拔刀向我扑来，我只好被迫迎战。如果我杀死的那个人就是拉伊俄斯，那我可就真是个不幸的人了。

"我刚才发下那样的毒誓，看来神肯定不愿意放过我，'让所有人都孤立他'，我竟然这样说过。'让他永世不得超生'，原来那个人就是我，我亲手杀死了拉伊俄斯，而且又娶了他的妻子。原来真的是我啊！看来我又得像逃离科林斯那样不得不离开忒拜了，可悲的是，我正是由于害怕那恐怖的神谕在我身上应验才那样做的。我不能杀死自己的亲生父亲，再娶自己的亲生母亲。我现在只想求神灵让我马上去死，不要再让更可怕的命运折磨我了。唉，为什么神要如此残酷地对我？"

突如其来的这番话惊得伊俄卡斯忒一句话也说不出来，长老们也目瞪口呆地站在那里，直到首席长老打破了沉默。他说："陛下，在证人来到之前，不要放弃任何希望。"

"是啊，在牧羊人来之前我还有一丝希望。"

"什么希望，不幸的人？"伊俄卡斯忒问道。

"如果他描述的凶手和你说的一样，就可以证明我不是忒拜的煞星了。"

"我到底说了什么，竟然如此重要？"

"你告诉我拉伊俄斯是被一群强盗杀死的。如果牧羊人也这么说，那我就是无辜的，因为一个人和一群人是明显不同的。"

"他的确说是一群人，他无法改变这个事实，因为这话是他当着大家的面讲的，当时不只我一个人在场。即使他现在改了说辞，也没有证据证明拉伊俄斯就死在你的手上，因为阿波罗的神谕说得很清楚，拉伊俄斯会被自己的亲生儿子杀死，但是那个可怜的小家伙出生后不久就被他父亲扔到山上自生自灭了。现在你明白为什么我对神谕并不是很在意了吧！”

“也许你是对的，那我们现在就派人去叫牧羊人。”

“好，我立刻派人去。我们先回宫，一会儿找个奴隶去把他叫来。”

此后，两人回了王宫。长老们对刚才听到的话感到十分焦虑，他们开始了吟唱：

命运偏爱的明君啊，
注定会幸福美满。
他受天条的庇护，
这是奥林匹斯诸神的规定。
这样的天条不会消失，
无须成文，永不改变。
暴君一向无法无天。
如果他们对神灵不敬，
神会将他们高高举起，
就是为了让他们重重地跌落。
跌进无底的深渊，
不会有任何人搭救他们。
那个落入这罪恶深渊的人，
还为自己的不敬而狂喜，
对神明毫无敬畏，
请让报应降临到他的身上，
重重惩罚这个用罪恶的手去玷污圣物的家伙。

我们怎能虔诚地站在先知面前？
我们怎能恳求他的帮助？
如果他说的一切都没有应验，
天父宙斯，
如果您真的无所不能，统帅世间万物，
那就请您回应我们的祈求。
因为预言不再准确，
阿波罗的预言不再受人尊敬，
人们对神的敬畏在慢慢消散。

伊俄卡斯忒从王宫走出来的时候，长老们停止了歌唱。王后把圣洁的树枝放到圣坛上，随行的年轻侍女也将祭品摆了上去。

“各位长老们，”她大声说道，“我向神灵献上这些祭品，是因为国王已经被折磨得痛苦不堪。比起那些理性的认识，他更相信自己听到的每一句预言。我说服不了他，现在我想祈求阿波罗的帮助，希望他能给我们大家一个消除猜疑的办法。”

正当伊俄卡斯忒把祭品摆上祭坛的时候，来了一位陌生人，他走过去对长老们说道：“尊敬的各位长老，国王俄狄浦斯是不是住在这个王宫里？十万火急，我有要事求见。”

“这就是他的王宫，他就在里面，”长老们回答道，“这位是伊俄卡斯忒王后，是他的妻子和他孩子的母亲。”

“王后圣安！愿您的子民拥戴您，愿您成为您尊贵丈夫的贤内助。”

“你说话还真是让人心神舒畅，也祝你好运连连，陌生人。你从哪里来，为什么来这里？”

“我从科林斯来，夫人，我相信我带来的消息一定会让您欣喜万分。国王老

波吕玻斯不久前刚刚去世，他的儿子俄狄浦斯将要成为科林斯的新任国王。”

“你是说他去世了？”伊俄卡斯忒吃惊地问道。

“我用自己的性命保证，他的确去世了。”

“快把这个消息告诉你的主人，”伊俄卡斯忒对女仆说道，“啊，看来预言还真出了偏差！本来要被自己儿子杀死的人，却得以寿终正寝。”

俄狄浦斯快步从王宫里走了出来。

“告诉我，我的挚爱，”他问道，“你为什么派人叫我过来，这个陌生人是谁？”

“这个人从科林斯来，他说你父亲波吕玻斯刚刚去世。”

“你说什么，陌生人？我想让你亲口再对我说一遍。”

“好吧，我再告诉您一遍，国王波吕玻斯去世了。”

“他是怎么死的？”俄狄浦斯追问道，“是因为疾病，还是遭人杀害？”

“人上了年纪就很容易卧床不起。”

“你的意思是说我父亲是因病去世的？”

“是的，对他这个年纪的人来说，这是再正常不过的事情吧？”

“我可怜的老父亲！”俄狄浦斯哀号道，“您离开了人世，却并未死于我的杀害，是不是因为失去儿子的悲痛才让您走得如此匆忙？但不管怎么说您也算是高寿了，您也带走了那个折磨了我们家这么久的谎言。”

“我不是早跟你说过吗，俄狄浦斯？”伊俄卡斯忒喜极而泣。

“是啊，我早该听你的，而不是用恐惧折磨自己。”

“现在你终于可以抛开所有的疑虑了。”

“也不需要继续受预言中所说的恐怖婚姻的折磨了吗？”

“难道你还是不敢相信现在的一切吗？没有谁能准确预言未来。你担心将来也许有一天会娶自己的母亲为妻，但是又有多少这样的想法最后能够成为现实？所以请记住我的话：如果想幸福地生活，就不要把那些预言放在心上。”

“你说得没错。可是，只要我母亲还活着，我就有理由心怀恐惧。”

ΠΟΛΥΒΟΣ

“难道你父亲去世还不能让你放心吗？”

“是啊，还不能，我只有等到母亲去世后才能松一口气。”

“等一下，”陌生人插嘴道，“什么样的女人竟然让你这么害怕？”

“如果你还不知道，陌生人，那我就告诉你吧，是我的母亲梅罗佩。”

“我知道很多事情，可如今我又多了一个疑问。我实在搞不明白你到底怕她什么？”

“我曾经听过一个关于自己的可怕预言，一个来自神的警告。”

“请原谅，能让我知道是什么预言吗？”

“当然可以。阿波罗曾经告诉过我，我这辈子注定要杀死自己的父亲，迎娶自己的母亲。这也是我早年心情沉重地逃离科林斯的原因，虽然我也很想陪伴在父母的身边。”

“这就是让你来到这个遥远国度的原因吗？”

“是的，因为这样我就不会成为杀死父亲的凶手了。”

“好吧，不要再担心了，我想我可以让你的恐惧消失。”

“如果真能这样，我一定要重重地赏赐你。”

“那我就知无不言了。跟您说实话，我之所以来这里，就是为了等您回到科林斯以后能得到一些封赏。”

“只要我母亲还在世，我就不可能回到那片生我养我的地方。”

“那是因为你不知道真相罢了。”

“不，我是害怕阿波罗的预言在我身上应验。”

“阿波罗的预言说你是亲生父母的克星？”

“是的，那一直是我的噩梦。”

“如果一个卑贱的牧羊人告诉你，你并不是波吕玻斯的亲生儿子，你会相信吗？”

“你是说我不是波吕玻斯亲生的？”俄狄浦斯疑惑地问道，这句话像霹雳一样在伊俄卡斯忒的耳畔炸开了。

“波吕玻斯和我一样，都不可能是你的父亲。”

“可我小时候他一直叫我儿子，我也叫他父亲。”

“看来现在是时候让你知道了：是我把你抱给养父波吕玻斯的。”

“是你？你知道波吕玻斯和梅罗佩有多爱我吗？”

“那是因为他们自己没有孩子。”

“你说的这些话让人很难相信。那就请你告诉我，你最初是在哪里见到我的？”

“在基喀戎山长满灌木的峡谷中。”

“这会是真的吗？”长老们疑惑地喃喃自语。

“如果你说的是真的，那我可就完了！”伊俄卡斯忒颤抖地说出这句话。不过她的话并未引起大家的注意，反倒是俄狄浦斯大有一副打破砂锅问到底的架势。

“那你发现我的时候，我什么样？”

“你被交给我的时候，你的两只脚有被刺穿的伤痕，而且脚也绑在一起。”

陌生人的话让伊俄卡斯忒大吃一惊，但没有人察觉到她脸上的惊骇之色。

“所以我一出生就被打上了羞耻的印记。”俄狄浦斯喃喃地说道。

“你的名字也是这样来的，”陌生人接着说道，“‘俄狄浦斯’就是‘肿胀的脚’的意思。”

“到底是谁会对我如此狠心？是我父亲，还是我母亲？”

“这个我倒不清楚。也许把你抱给我的那个人可以告诉你真相。”

“你提到的那个人，他是谁？”

“他好像是拉伊俄斯的一个牧羊人。”

“谁能告诉我们，当时谁在基喀戎山上放牧？”

“就是您所传唤的那个士兵，”一个长老回答道，“不过王后比我们大家知道得都要详细。”

“啊，俄狄浦斯，俄狄浦斯！”伊俄卡斯忒大哭了起来，并且陷入了极度的痛苦之中，“不要在意这些话！为了你自己，把它们统统忘掉吧！”

“那怎么可能！我身上有他说的伤疤，无论有多么痛苦，我都必须弄清楚。”

“不要再问了，俄狄浦斯，看在神的分上！如果你还热爱你的生命就放弃吧！让我一个人来承受这些痛苦就足够了。”

“别难过，亲爱的，即使发现自己是奴隶的后代，我也不会责怪你的。”

“算我求你，听我一句劝吧，不要再追究了！”

“在我知道自己的身世以前，我是不会放弃的。”

“可怜的家伙！为了你自己，听我一句劝吧！”

“可是这劝说只能给我带来痛苦。”

“可怜的俄狄浦斯，希望你永远不要知道自己的真实身份！”

“够了，伊俄卡斯忒！快派人火速将牧羊人叫来，即使你觉得这样会让你的高贵血统遭到玷污，我也依然会这么做。”

“唉，你这个无药可救的家伙！这是你最后一次听我说话了！”伊俄卡斯忒哭喊道，然后一阵风似的跑进了宫殿。

“王后为什么会这样失态？”首席长老问道，“怕是有什么不好的事情要发生了。”

“那就让它来吧！不管我出身多卑贱，我都要知道我身世的秘密。当然我也理解这个爱慕虚荣的女人，她是害怕自己丢脸，但是我并不觉得成为幸运儿有多么羞耻。不管怎么说梅罗佩都是我的母亲，即使一开始她没有重视我，后来她也将我培养成有权利和威严的人，成为现在的我，这是铁定的事实。我必须知道自己的身世。”

俄狄浦斯的这番话又给了长老们勇气，他们放下恐惧继续唱道：

如果我们有看穿一切的眼力，
又有洞悉人心的神力，
我们向奥林匹斯山的诸神发誓，
待到月圆之时，
我们定将歌颂俄狄浦斯，
那个被基喀戎山庇护的孩子。
那是福玻斯·阿波罗的意志，
我们为这喜讯翩翩起舞，
您的英明令我们欢欣雀跃。
是哪位女神生育了俄狄浦斯？
又是哪位神明喜得贵子？
是那位喜欢在幽静山林中散步的牧神潘恩，
还是那位喜欢广袤无垠大地的阿波罗？
又或是生于西莱恩林地的赫尔墨斯？
抑或是喜欢拥抱赫利孔山仙女的狄俄尼索斯？
那里的泉水清澈甘甜，那里的山林绿荫如伞。

俄狄浦斯根本无心去听长老们的歌唱。他突然大声喊道："长老们，快看看是谁来了！我觉得他应该是那个牧羊人。我之前从未见过他，但从年龄看，应该就是他。"

"是的，就是他，"一个长老应声道，"他就是拉伊俄斯最信任的牧羊人。"

"科林斯的朋友，你说的那个人就是他吧？"俄狄浦斯问道。

"是的，正是您眼前的这个人。"

牧羊人低着头战战兢兢地走过来。他的一举一动足以向俄狄浦斯表明，他就是当年那个从岔路口逃走的人。

“嘿，就是你，老人家！”他喊道，“我想请你如实回答我提出的问题。你曾是先王的侍从吗？”

“是的，陛下，但我不是奴隶。我是土生土长的老忒拜人。”

“那你是干什么的？”

“我大多数时间都在给主人放羊。”

“你在什么地方放羊？”

“在基喀戎山和附近的村庄。”

“你看看这个人，你以前有没有见过他？”

“他怎么会跟我扯上关系呢？！”牧羊人心惊胆战地说道，他的心思仍然停留在路口发生的命案上。接着，他又瞧见了那个科林斯的牧羊人，开始理解之前问话的意思。“您指的是那个人吗？”他结结巴巴地问道。

“我刚才提到的人不是我，”看到牧羊人投来的疑惑目光后，俄狄浦斯说道，“我是说这位科林斯来的朋友，你之前是否和他见过面？”

“我想不起来了。见没见过我也不清楚。”

“陛下，”科林斯的信使插话道，“他忘记这件事也正常，让我来帮他回忆一下。我们在一起放牧的日子至少有三年，我们都在基喀戎山上放牧，夏天他赶两群羊，我赶一群羊，冬天我把羊赶到波吕玻斯国王山下的牧场，他要把羊赶到拉伊俄斯国王的羊圈里。你真的一点儿都记不起来了吗，我的朋友？”

“嗯，我想起来了，那是很久以前的事情了。”

“那现在请告诉我，你是不是把一个孩子交给我，让我抚养？”

“到底怎么回事？你为什么偏偏要提起这桩陈年旧事？”

“我的朋友，我之所以说起这件事，是因为那个孩子就是你面前的这个国王！”

“你胡扯什么，快给我滚开！”

“老人家，不要对科林斯来的朋友这么失礼，”俄狄浦斯提醒道，“你要为此

受到惩罚，而他不会。”

“陛下，为什么要惩罚我？”

“因为你没有回答他说的有关那个孩子的问题。”

“他根本不知道自己在说什么，他简直是胡说八道！”

“你可要明白，现在要是不说，一会儿我有的是办法让你开口！”

“看在神的分上，你怎么忍心折磨一个上了年纪的老人啊？”

“快来人，把他给我绑了！”

“好，好，我说，我说，你到底想知道些什么？”

“你是不是给了他一个孩子？”

“我的天啊，我要是当时死了那该多好。”

“如果你继续隐瞒的话，我现在就要让你下地狱。”

“如果我说了，那可要比死都难受啊！”

“不要再东拉西扯了！你到底说不说？”

“好吧，我说。我的确给过他一个孩子。”

“孩子是哪儿来的？不会是你亲生的吧？”

“不，那不是我的孩子，是我从别人手中得到的。”

“从谁手上？说！”

“看在神的分上，请您不要再逼我说下去了。”

“这是对你的最后一次警告，如果你再不回答我的问题，那你就完了。”

“那个孩子出生在拉伊俄斯王宫里。”

“这是一个奴隶的孩子吗，还是说他出生在奴隶的家族中？”

“愿神灵可怜可怜我吧！我不得不说出这个不幸的事实。”

“对我来说也是一样，我必须知道真相。”

“既然如此，那你听好，那孩子是拉伊俄斯的亲生骨肉。其实你的妻子比我知道得更详细。”

“是她把孩子抱给你的吗？”

“是拉伊俄斯把孩子交给我的，当时她也在场。”

“啊，真是一对狠心的夫妇！他们为什么要把孩子交给你？”

“他们让我把孩子杀掉。”

“什么？杀死他们的亲生儿子？真是让人难以相信！”

“他们害怕一个可怕的预言。”

“什么预言？”

“预言说那孩子长大后会弑父娶母。”

“天啊！那你为什么要把孩子交给这个人？”

“陛下，因为我对那个孩子动了恻隐之心。如果他把孩子带到异国他乡的话，那孩子兴许就能躲过一劫。但没想到的是，救了他反而让更糟糕的事情发生了。如果你真是他说的那个孩子，那你就是全天下最不幸的人了。”

“啊！现在终于一切都真相大白了！‘大白’，我竟然这么说？恐怕我再也见不到天日了！我竟然出生在一个遭到诅咒的家庭里，与自己的母亲同床共枕，还亲手杀死了自己的父亲！”

俄狄浦斯陷入了深深的绝望之中。他拖着沉重的脚步向王宫走去。是的，他已经崩溃了。那两个被吓得六神无主的牧羊人也悄无声息地离开了。王宫外面只剩下一群长老，他们凄厉的歌唱打破了沉默。

啊，世世代代的凡人呀，
我们现在正身处绝境！
时至今日，我们从未听说过
哪个人自始至终受神庇佑。
我们看到的，
只有英雄豪杰从人生巅峰坠落，

掉进深不见底的可怕深渊。
看看已经崩溃的俄狄浦斯！
如果我们不知道真相，
那他还是一位盖世英豪，
他为大家降妖除魔，
纵然面对猛兽的利爪和高深莫测的难题，
他依旧义不容辞，勇往直前，
拯救灾难深重的子民，赢得举世英名。
然而忒拜的王座和它的七座城门，
见证了他怎样坠入万丈深渊！
他的结局之凄惨，闻所未闻。
啊，不幸的国王！命运的牺牲品！
你的厄运让你弑父娶母，
你的厄运让你生子为弟，生女为妹。
直到今天命运之神不再遮遮掩掩，
可怕的事实世人皆知，骄子变成弃儿。
啊，拉伊俄斯之子，早知今日这般结局，
我们宁愿当初你没有挺身而出，
我们的心为这个带给我们希望的英雄滴血。
我们痛苦不堪，默默为你哭泣。

长老们的吟唱声刚刚落下，就有一个人惊慌失措地从王宫里冲了出来。

“长老们！”他大声喊道，“你们要做好听到噩耗的准备，即使将伊斯特罗斯河的河水灌进王宫，也洗不清王室成员们的重重罪孽，你们必须知道这些可怕的事情。”

“天啊！到底又出了什么可怕的事情？”

“尊贵的伊俄卡斯忒王后已经死了。”

“不幸的女人！她是怎么死的？”

“她是自杀的。我亲眼看到了那一幕幕骇人的场面。王后冲进王宫里，用劲撕扯自己的头发，然后又径直冲到卧室里。她哭喊着拉伊俄斯的名字，猛然把卧室门关上。在她的呜咽声中，我们听到她诅咒那张让她蒙受乱伦之辱的床榻。她和拉伊俄斯在上面生下现在的丈夫俄狄浦斯，然后又和儿子生下了现在的后代。再后来，就听不到任何声息了。我站在门外，担心有更可怕的事情发生。

“这时，俄狄浦斯疯疯癫癫地跑了进来，发出撕心裂肺的呻吟声，所有人都惊恐地望着他。突然，他发疯似的到处乱跑，接着又冲过来用沙哑的声音问我们王后在哪里。国王的样子实在太吓人了，我们没人敢回答他的问题，但是我相信神一定悄悄地告诉了他答案。只见他发出一声凄厉的惨叫声，然后把卧室的门撞开。一副凄惨的景象顿时映入我们的眼帘，伊俄卡斯忒的尸体正挂在卧室的房梁上。

“国王一边惨叫，一边踉踉跄跄地扑过去把绳子解开，王后的尸体倒在了地上。接下来更让人毛骨悚然的一幕发生了。只见国王取下王后的金胸针，一次又一次扎进自己的眼睛里。他一边扎，一边哭喊道：‘瞎掉吧，眼睛，这样我就再也看不到我自己造的孽了，再也不用看到这些罪孽带来的惨状了。’国王一边诅咒着自己，一边把自己的眼睛刺瞎，拉布达科斯家族遭受到的不幸再次雪上加霜。就这样，他所有的幸福顷刻间化成了痛苦和黑暗、死亡和耻辱！唉，还能有什么比这更凄惨吗？”

“现在这个可怜人在干什么？”

“他让人打开宫门放他出去，他要让所有忒拜人看到他这个弑父娶母的逆子，让所有人都知道是他给国家带来了这样的灾难，他提出要将他放逐出城。

可是这个可怜人需要人们的帮助，他的处境实在太悲惨了，你们马上就会见到他。看吧，宫门打开了，他现在的这副惨状，即便有血海深仇的仇人见了也不免心生同情。”

宫门打开后，俄狄浦斯走了出来，合唱队的长老们惊恐地躲到了一旁。看到眼前这副惨状，他们不由得全身颤抖，大声唱道：

是什么让你怒火攻心，不幸的人，
你伤痕累累，你苦难重重，
这一切难道早已被命运之神写就？
唉，我们无意再问，
我们不忍再看，
你现在的惨状。

“多么悲哀啊，我的出生就是一个错误！”俄狄浦斯哀号道，“命运啊，是你毁了我的一生！乌云啊，你在我面前竟是如此恐怖！还有我累累的伤痕啊，都是我自己亲手造成的！”

“唉，可怜的人啊，你的惨痛遭遇真是闻所未闻。”首席长老哀叹道。

“我做了这么多罪大恶极的事情，还值得同情吗？”

“命运已经把你折磨得如此悲惨，我怎么会不同情你呢？告诉我你为什么要戳瞎自己的双眼，是什么神让你跌入了深渊？”

“是阿波罗让我的命运如此悲惨。但是我的眼睛是我自愿戳瞎的，并没有谁强迫我这么做。这世上再也没有什么值得让我多看一眼的东西了，再也没有什么值得我疼爱的东西了。我现在只想让你们打开城门，把我这个瘟神尽快赶出这个城邦，这样我就不会再玷污这里的一草一木。我，俄狄浦斯，这个生下来就遭到诅咒的家伙，再也不会给城邦带来厄运了。”

“我的心在为你滴血，俄狄浦斯，我无法忘记你曾经为我们所做的一切。”

“我诅咒那个在山上救我性命的家伙。要不是他，我怎么会给大家带来这样的灾难！”

“即便如此，这一切都已不可挽回了。”

“如果当初我死了，就不会变成弑父的凶手，也不会成为娶母为妻的禽兽了。可这就是我的命！即便还有更加悲惨的命运，我也得去承受。”

“死亡要比活在黑暗里更能解脱，不是吗？”

“我这么做也是身不由己。如果我不挖出自己的眼睛，我还有什么脸面去见阴间的父亲？我又如何回应我母亲的目光？我对他们犯了那样的罪恶，我怎么能不受到惩罚？这个曾经带给我无限欢乐的城邦，我不忍心再看到那些曾经爱戴我的子民和那美丽的城市。做出如此伤天害理的事情，我还有什么脸面再跟大家见面？巍峨的基喀戎山啊！你为什么要救我？为什么就不能让我一死了之？波吕玻斯和梅罗佩，还有古老的科林斯宫殿，你们为什么要无私地庇护我、养育我，让我相信这一切都是我生来就拥有的？啊，为什么？难道就是为了让世人知道我到底有多么下贱和卑鄙吗？啊！还有那让我亲手弑父的峡谷和岔路口，那可怕的凶杀让我终生难忘！啊，两次婚姻呀，第一次给了我生命，第二次又将我的种子撒进相同的子宫，生下自己的弟弟妹妹，这全都来自同一个女人——他们父亲的母亲！这话我真不该说出口！把我随便找个地方埋了吧，或者把我丢到大海里去喂鱼吧！只有这样，我这个叫俄狄浦斯的灾星才能永远消失。我没什么要问的了。克瑞翁来了，他现在是城邦里地位最高的人了。唉，我还能说什么，我之前待他那样不公！”

“不，俄狄浦斯，”克瑞翁答道，“我不会怪你，但我得带你进宫。你现在这个样子不适合去外面。”

“我也是这么想的。我还有一个请求，赶快把我赶出这个城邦，把我送到一个没有人烟的地方，这样就不会有人再看到我了。”

“我不想这么匆忙地决定。我还想听听阿波罗的神谕怎么说，因为我们正经历着一个无比艰难的时刻，我不想在现在这种情况下把你放逐出去。”

“无论你怎样惩罚我，我都罪有应得。不过对于躺在王宫里面的王后，请你将她妥善地安葬。还请你把我赶到基喀戎山上，让我在那个很多年前本该死掉的地方死掉。克瑞翁，我还有一个请求，希望你帮忙照顾一下我的孩子，男孩子已经成年，他们已经可以自己照顾自己；只是我那两个女儿还太幼小，没有我的照顾她们根本没法生活。我祈求你，像对待亲生女儿一样照顾她们，因为你是她们唯一的依靠了。让她们过来和我最后拥抱一次吧！请你给我这样的一个恩赐吧，我要像从前那样拥抱她们一次。等一下，我好像听到她们就在附近哭泣。”

“是的，她们就在这里。我叫她们来，是因为她们也在苦苦哀求想见父亲一面。我也知道在这个时候，女儿是你最想见到的人。”

“克瑞翁，谢谢你对我的仁慈，愿神与你同在。可怜的孩子们，你们在哪里？快到爸爸这儿来。女儿，当我第一次拥抱你们的时候，怎么能想到你们将要背负这么沉重的诅咒？！我现在流着苦涩的眼泪，想到你们要背负着诅咒和耻辱长大。即便你们遇到善良的伴侣相伴，如果他们知道你们的父亲是一个弑父娶母的禽兽，又有谁会接受这样羞耻的家室？我只希望天神能庇护你们两个可怜的小家伙，至少不要落得和我一样凄惨。”

“不要哭了，俄狄浦斯，”克瑞翁命令道，“现在回到王宫里去。”

“我会照做的。可是对我来说，这又有什么用啊！”

“我们要在特定的时间做应该做的事情。”

“只要你答应放逐我，我自然就会进去。”

“如果那是神的旨意，我会照办的。但是现在，你得和你的孩子们告别了。”

“不要把她们从我身边带走！”

“不要再固执了。要知道你所拥有的一切都已化为乌有，所以快回到王宫里去。”

于是，两个侍从扶着可怜的俄狄浦斯走进宫殿，合唱队的长老们用这最后的歌声送他离开：

忒拜的同胞们啊，
现在一切都已经了然于世。
这个曾经知道
或自以为知道种种谜题的答案，
身居高位，大权在握，
受天下人妒忌的人，
如今却落得如此境地。
厄运让他家破人亡！
所以不必嫉妒凡人的好运，
因为只有到最后才知那是福还是祸。

第九章

俄狄浦斯在科罗诺斯

——改编自索福克勒斯的剧作

“安提戈涅，我的孩子，我们在什么地方？去看看附近有没有人愿意给筋疲力尽的俄狄浦斯一点儿帮助。我的要求不多，而且非常容易满足。苦难和重担已经让我学会了忍耐。如果你找到能歇歇脚的地方，就扶我轻轻坐在那里，然后去看看我们到了什么地方，接下来应该往哪里去。”

“可怜的父亲，我隐约看到远处有一堵城墙，那也许是雅典城。能确定的是，我们来到了一个圣地，这里到处都是盛开的月桂和千年的橄榄树，鸟儿四处鸣唱，只有神圣的地方才能有这样的奇景。来，走了这么远的路，您老人家一定累了，坐在石头上休息一会儿吧，我现在就去问问这是什么地方。”

“去吧，女儿，这附近一定有人在。”

“没错，父亲。我好像不需要去了，我看见有人正朝这边走来。”

“嗯，我也听到了脚步声，他走得很快。”

“他已经来了，正站在您的面前，您可以跟他说话。”

“哈，好心人，我听见你来了，正好我的女儿也看见了你，她就是我的眼睛。你来得可真及时，能告诉我这是什么地方吗？”

“陌生人，在你开口说话之前赶紧离开你坐的地方。这里是圣地，禁止任何人进入。”

“来，安提戈涅，快扶我离开这里。”说完，俄狄浦斯便站起身。“好心人，”他接着问道，“你能告诉我这里供奉着哪位神灵吗？”

“是威严的女神、黑暗和大地之母的女儿们。我们称呼她们‘欧墨尼得斯’，在别的地方她们被叫作‘厄里倪厄斯’。”

“这么说，我现在已经来到复仇女神的圣地了。这些年我一直四处漂泊，现在终于来到命运给我安排的解脱之地了。”

“可怜的人，这我可真是一无所知，不过我会尽自己所能帮助你。”

“那就请你先告诉我们这个地方的名字吧。”

“这个地方叫科罗诺斯，是雅典的外城。波塞冬和提坦神普罗米修斯统治着这个地方，不过骑手科罗诺斯才是我们的守护神。”

“你们的国王是谁？是不是忒修斯？”

“没错，雅典的国王就是忒修斯。”

“那有人能帮我给他捎个口信吗？”

“你想得到他的帮助，还是想让他来这里一趟？”

“如果他肯过来见我一面，这将对他大有好处。”

“什么？你是说你这么一个双目失明的人，能给国王带来好处？”

“在我失明之前，就是因为没有听从一个盲人的劝说，才沦落到今天这步田地。”

“那你先在这里等着，我去向我们的长老通报。如果他们答应，想办成这件事就不难了。”

“那人走了吗，女儿？”

“是的，他已经走了，现在您可以敞开说了。”

“啊，不朽的欧墨尼得斯，长着可怕双眼的处女神，请你们不要那样严厉，请你们看看这个被阿波罗的预言折磨得奄奄一息的糟老头吧！阿波罗还预言说，我将从你们这里得到庇护，并最终得到解脱。他会赐福于那些帮助过我的人，惩罚那些背弃我的人。他还对我说，在我生命即将结束之际，会发生一场地震，或者出现由宙斯释放出的闪电或雷鸣等征兆。我相信是阿波罗指引我来到这里，不然我是不会走上这片圣地的，而且还被允许坐在这块圣石上。所以，我现在期待得到神的怜悯，让我安静祥和地死去，除非我的苦难还不够，还要受到更多的惩罚。不过，我相信大地之母的女儿们会同情我。还有你，雅典城，你以神圣光辉的帕拉斯·雅典娜的名字命名，希望你以慈悲为怀，接纳我这个曾经有过一世英名、如今已落魄得如行尸走肉般的可怜人吧！”

“嘘，父亲，我看到有一群长老正走过来。”

“快点儿带我离开，把我藏在小树林里，咱们见机行事。”

安提戈涅刚把俄狄浦斯藏在月桂树后面，长老们就走了过来。俄狄浦斯听见他们说道：

“把这里仔细搜查一遍，一定要找到那个闯入圣地的人。”

“这里根本没人呀！他可能藏到附近什么地方了。”

“这一定是个外乡来的老乞丐，本地人根本不敢踏入这片复仇女神的领地。”

“我们要找到他，到处都找一找！”

“我在这儿！”俄狄浦斯喊道，“我听见你们的动静了，我是个盲人，什么也看不到。”

“宙斯啊！这个面容憔悴的人到底是谁？”

“我是世界上命运最凄惨的人，否则我也不至于借别人的眼睛来给我指路。”

“可怜人，看起来你正饱受诅咒的折磨。”

“千真万确。”

“为了你好，你最好离开这块圣地，这里不准入内。如果你有什么难处，尽管告诉我们就是。”

“女儿，把我扶过去。尊敬的长老，求你们帮帮我这个瞎老头。”

“我们会帮你的，可你得像所有外来人一样：恨我所恨，爱我所爱。”

“女儿，我还需要再走远些吗？”

“再走几步吧！孩子，把他扶到这块石头上坐下。”长老们说。

“把我扶到那里，女儿。”

“好的，父亲。只要再走几步就行。到了，石头就在您后面，坐下吧。”

“唉，我的命可真苦啊！”不幸的俄狄浦斯一边叹息，一边摸索着坐到了石头上。

“老人家，告诉我们你叫什么名字，你父母是谁，你从哪里来？”

“我是被流放出来的。至于其他的事情，还是不提为好。”

“为什么？你不想告诉我们吗？”

“我饱受诅咒的折磨，真不知道该怎么开口。”

“父亲，告诉他们吧，没有必要再隐瞒了。”

“说得对，我还是告诉你们吧！你们有没有听说过拉伊俄斯的儿子？”

听到俄狄浦斯说的话，这些人都不寒而栗。

“你说的是那个拉布达科斯家族的后代吗？”

“天神啊！”他们倒吸了一口凉气。

“可怜的俄狄浦斯？”

“你说你是他？”

“别害怕，无论我命中注定要做多少坏事，我都已经做完了。”

“天呐！”

“我只求你们可怜我。”

“马上离开这里！”

“唉！”

“快从我们这里走开！”

“可是你们答应会帮助我的呀！”

“你那是恶有恶报。如果我们同情你，诅咒就会降临到我们头上。”

“我必须现在就走吗？”

“快走，一刻都不要耽搁，免得更多厄运降临到你身上。”

俄狄浦斯绝望地摸索着女儿的手，安提戈涅伸手把他扶了起来。

“我们走吧！”他说。安提戈涅却依然一动不动地站在那里，她满脸痛苦地看着长老们说道：“好心人，我看见你们的眼神就知道你们心存慈悲。如果你们知道我父亲的罪都是无意之中犯下的，你们就会同情他。可怜可怜我吧，就把我看作你们的亲生骨肉。为了我，也请你们可怜可怜他吧！你们是我们唯一的希望了，请你们以慈悲为怀，帮帮我们这对可怜的父女吧！如果神真的要毁灭我们，那你们无论怎么帮助我们也是无济于事。”

"俄狄浦斯的女儿，我们都很同情你们父女的遭遇。可是我们担心惹怒神灵，不敢帮你们。"

"照这么说，"俄狄浦斯插话道，"雅典根本就不是什么陌生人的庇护者！你们驱逐我，竟然是因为我的名字，而不是我的所作所为，这叫我还能说什么？别忘了，我是在无意中才犯下了弥天大罪。你们应该相信我来这里也是神的安排，神知道谁对他虔诚，谁对他不敬。所以，请你们不要赶我走，我来这里不会给你们带来厄运，相反会带来福气。所以，请你们在国王到来之前对我们客气点儿。"

"你说得没错，陌生人，这件事最终还是我们国王说了算。"

"你们的国王现在在哪里？"

"他在王宫里。不过别担心，我们已经派人去王宫请命了。"

"你觉得国王会为一个悲惨的瞎眼老人跑一趟吗？"

"如果他知道了你的名字，一定会马上赶过来的。"

"可是给国王报信的人，并不知道我姓甚名谁。"

"这你多虑了，你的遭遇早就在这里口口相传了，不论是你的丰功伟绩，还是你所遭遇的厄运，只要国王知道了你的名字，一定会火速赶到这里。"

这时，安提戈涅突然叫了起来："快看！那是谁来了？"

"是谁啊，女儿？"

"有一个女孩儿正朝咱们这里走来，她看起来真像是……天呐，真不敢相信我的眼睛！她的脸背对着太阳，不过我还是能认出她。"

"是谁来了，女儿？"

"是我们亲爱的伊斯墨涅。"

"你说是谁，孩子？"

"父亲，我看见我亲爱的妹妹了。她马上就过来了，您肯定能认出她。"

"父亲，亲爱的父亲，我亲爱的姐姐！"伊斯墨涅喊道，"总算找到你们了！

看到你们受尽苦难，我真的很心痛。”

“我的小天使，你是怎么来到这里的？”

“父亲，不太容易，虽然路上有些波折，但是我终于找到您了。”

“女儿，我的亲骨肉，过来让爸爸抱抱！”

“也让我抱抱你们，咱们一家三口真是受尽了折磨！”

“女儿，快跟我们说说你为什么来这里，你是怎么找到我们的？”

“我有急事告诉您，这是忒拜王宫里一个可靠的仆人告诉我的。”

“你那两个无用的哥哥呢，为什么他们不来找我，你却风尘仆仆地跑过来寻找我？”

“他们也许会来，不过绝不是因为思念您，这也是我为什么要赶在他们之前找到您。”

“他们根本不把父亲放在心上。反倒是你们，小小年纪就已经担起重任。在我被驱逐后，你姐姐安提戈涅陪着我在异国他乡流浪，风吹日晒，时常忍饥挨饿，甚至连一双鞋子也没有。她在本该享受金色年华的时候，却要想方设法给我找口饭吃。还有你，伊斯墨涅，你给我的帮助实在太大了，只要神庙有了新的预言，你就会日夜兼程赶来给我报信。这次你又给父亲带来了什么消息？到底是什么消息让你不惧路途的艰难险阻，只身一人赶到这里？我知道如果不是要紧的事情，你是不会冒这样的危险的。”

“我就不提为找到你们所经历的艰难困苦了，这只会让人更加痛苦。我赶来是为了告诉您，我的两个哥哥公开交恶，而且马上就要发展到兵戎相见的地步了。克瑞翁上台后，两个哥哥就在他面前争宠。很显然，那个诅咒依旧影响着我们的家族。最后，争宠演变成了公开冲突。也不知道是神在怂恿他们，还是他们自己的野心膨胀，他们孤注一掷要夺取王位。克瑞翁并没有偏袒他们任何一方，兄弟二人达成了轮流执政的协议。可是，厄忒俄克勒斯执政满一年后，拒绝将权柄交给哥哥，还将他逐出了忒拜。波吕尼克斯跑到了阿尔戈斯，为了

让国王助他一臂之力，他娶了国王的女儿，跟国王结成了同盟。现在他们合兵一处，准备攻打我们的忒拜。这件事不是开玩笑，而是残酷的事实：哥哥正在准备征伐弟弟。唉，不知什么时候神才能同情您的遭遇？”

“也许神已经开始同情我了。不过这两个不肖之子，我怀疑他们心里根本就没有我这个父亲。”

“根据神谕的指示，得到您支持的人将成为忒拜的国王，所以，他们很快就会虚情假意地来拜访您。克瑞翁很快也要来这里，甜言蜜语地求您回去。”

“只要我死后能埋在忒拜的泥土之中，再糟糕的要求我也会答应。”

“他们都很想从您这里得到好处，不过他们两个人都觉得您会给城邦带来晦气，别说是埋在城里了，就算是埋在城邦的附近他们也不会同意。”

“所以，他们不惜把自己的父亲当作牺牲品，把我从这里带走，只是为了实现他们的狼子野心。如果这就是他们想要的，我诅咒他们被仇恨控制心智，双双死在对方的刀下！让登基者失去权力，让篡位者不能得逞！这两个忘恩负义的逆子，在我痛不欲生的时候，我渴望死去，哪怕被人用乱石砸死，他们对我的处境没有丝毫的怜悯。等我冷静下来，意识到由于自己的狂怒而导致的惨剧以后，他们竟然毫不留情地抛弃了我。我的亲生儿子甚至没有对我说上一句宽心话，任由自己的父亲被驱逐出境，饱受流刑的凄风苦雨。相反，我的女儿们虽然瘦弱，却伸出援手，帮我排忧解难，给我这个瞎眼老头指引方向，这样的女儿使我在痛苦中感到安慰。而我的儿子做了什么？！他们只有在争夺王位的时候，才会想起他们还有个父亲！随便他们派克瑞翁或者任何人来召唤我吧，我决不会帮助他们任何一个人。长老们，我祈求你们和你们城邦守护神的庇护，只要你们肯帮助我，你们必定会受到神的恩典，正如我的敌人会受到神的诅咒一样。”

“我们会尽全力帮助你的，俄狄浦斯，而且我们也有个建议。”

“无论你们说什么我都会照办的。”

“如果你想得到我们的守护神欧墨尼得斯的帮助，你必须在祭坛上献祭。如果你不能亲自去的话，也可以让你的女儿代劳。等你们按程序做完这些以后，我们就可以毫无顾虑地帮助你了。”

“孩子们，你们听到这些好心人的建议了吗？我既没有力气，也没有眼睛辨别方向，所以还是由你们替我去做吧！”

“让我来吧，父亲，”伊斯墨涅说道，“不过你们得告诉我祭坛的位置和具体的步骤。”

“祭坛就在小树林旁边，”一个长老告诉她说，“那里会有人教你怎么做的。”

“那好！安提戈涅，你照看好父亲，为父母排忧解难算不了什么。”说完，她就匆忙离开了。

“俄狄浦斯，我也不想揭你的伤疤，”一个长老说道，“但我还是想知道，你是怎样沦落到如此地步的，我想听你亲口说说你的经历。”

“世界上没有人像我这样，一出生就背负着可怕的诅咒——你为什么非要让我回忆那段不堪回首的往事呢？”

“请你告诉我吧，我已经把你想知道的都告诉你了。”

“我在忒拜有了不伦的婚姻之前，就已经被诅咒会做下那样的事情。”

“和自己的母亲？”

“听到这样的话，我的心就像刀割一样难受。可是这些既该称为‘妹妹’又该称为‘女儿’的孩子，她们又有什么过错？！”

“是妹妹，又是女儿，这可真是骇人听闻，闻所未闻。这究竟是怎么回事？”

“因为忒拜的王后是作为酬谢给我的——我宁愿从来没有得到这样的酬劳!”

“我听说你还杀了自己的父亲。”

“这如同在我的伤口上撒盐。这件事让我更加痛苦，因为我根本不知道那是我的父亲，我是出于自卫才那么做的，我是无辜的。”

“不幸的人啊，我十分同情你的遭遇。好了，现在我们的国王已经来了，他

一听说你要见他，就马上赶来了。”

“不幸的俄狄浦斯，”雅典王忒修斯说道，“你塌陷的眼眶已经表明了你的身份。我知道你一定有极其重要的事情要亲口告诉我，所以我就马上赶了过来。我也在异国他乡长大，也经历过许多磨难，这也是为什么我总愿意出手帮助那些异乡人。我和你同为凡人，不知道明天到底会怎样。”

“尊贵的忒修斯，感谢你仁慈的话。既然你已经知道我是谁、来自何方，那我就开门见山，说说我来这里的目的。”

“可怜的俄狄浦斯，我在听。”

“我有一份礼物要给你，它就是我老迈的残躯，有一天它会给你带来想象不到的好运。但是，我还不知道你什么时候能得到它，要等到一个恰当的时间，幸运自然就会降临。”

“那你要怎么兑现你的承诺呢？”

“我死了以后就可以实现，请给我一个安息之地，我会给你一份很有价值的礼物作为回报。”

“即便你不给我这样的礼物，我也会将你的遗体安葬，让逝者安息是我们的义务。”

“可是在我看来，这并不容易。你可能因为要保护我这个糟老头而发动战争。”

“你到底在怕谁？不会是你的儿子吧？”

“是的，他们就要动用武力将我带走。”

“难道回到自己的祖国不好吗？”

“我愿意留在故土的时候，他们却无情地将我赶了出来。”

“你说得对，但是跟他们一直作对也没有什么意义。”

“我想听听你的建议。不过，你先耐心听我说完。”

“好吧，你说吧。”

“在接二连三的打击下，我自己的亲生儿子竟然以‘弑父者’的罪名将我驱逐出城邦。”

“如果他们这么对你，那现在为什么又要带你回去？”

“因为根据神谕，他们两个谁能得到我，谁就可以称王。不过另一个神谕则预言，他们要被你打败。”

“为什么是我？我跟他们并无前嫌。”

“尊敬的埃勾斯之子，在这个世界上有一件事永恒不变：神永远不会生老病死，而其他的生命都会被时间的锋刃一点点消磨掉。随着时间的推移，肥沃的土地会渐渐贫瘠，强健轻盈的身体会变得枯瘦；忠诚慢慢褪去了以往的光彩，背叛者比比皆是；一点点风吹草动就能让朋友和友邦反目成仇。虽然你今天和忒拜相安无事，但时间的流逝将会搅动这池平静之水。谁也无法预测将来两个城邦会不会为了一些争执而兵戎相见。就如同宙斯永远都是宙斯，而阿波罗的预言永远灵验一样。听我一句劝告，那些今天亵渎神灵的家伙，明天就会受到神的严惩。如果诸神没有骗我，只要你信守诺言，你一定不会为此而后悔的。”

“我从不食言，尤其面对一个在我们的祭坛前祈祷，并且能够给我们的城邦带来好运的人。如果你不嫌弃的话，我想请你来雅典和我同住。”

“感谢你的盛情邀请，但是我必须留在这里等候我那两个不肖之子。他们肯定会威逼利诱我去就范，所以，我需要你的鼎力相助。”

“放心，我无所畏惧，没有谁能从我这里将你掳走。如果他们不信，我随时恭候，他们一定会为自己的愚蠢付出代价，光是我的名字就能够保你周全。既然已经来到科罗诺斯，原谅我先失陪一会儿，我要去海神波塞冬的祭坛前做祷告。”说完，忒修斯离开了，长老们的歌声随即响起：

陌生人，你来到了一处人间仙境，
这里安详恬静，举世无双。

只有在科罗诺斯你才能听到：
夜莺用甜美的声音歌唱，
它们躲在光滑的树叶后面，
栖息在神圣花园的常春藤上。
这片圣地无人涉足，也无风吹拂，
即便在隆冬腊月，依旧风平浪静；
酒醉的狄俄尼索斯在这里酣睡，
享受着万籁俱寂的宁静。
每天清晨，水仙花沐浴在露珠中，
番红花，金灿灿，
为女神编织成美艳的花冠。
塞菲索斯河之水甘甜清冽，
灌溉着我们的良田，让大家丰收仓满。
河水不知疲倦地歌唱，曲调悠扬，
即便是缪斯也会凝神倾听。
阿佛洛狄忒，金发爱神，
把爱情的种子撒向人间。
陌生人，这里的树木让人羡慕，
它的果实能为勇士充饥，
它的油脂照亮黑暗的夜空；
它的枝叶象征着和平，
虽然长着灰绿叶子的橄榄树，
让西方人惊羡不已，
让东方人眼红心仪，
但不管哪里的人都不敢动它分毫，

因为有宙斯和雅典娜守护着它。

我们的国度还有很多事情值得骄傲：

我们的战舰和良驹天下第一。

我们的种马桀骜不驯，

它们只服从波塞冬的命令，

在我们郁郁葱葱的草原上，

是他首次驯服骏马，教人骑乘，

是他用灵巧的双手制作出第一支船桨，

教我们扬帆、划桨，

教我们乘风破浪、驰骋汪洋。

我们的船在大海里劈波斩浪，

宛如海洋老人涅柔斯的五十个女儿自由来往。

“这真是一个让人仰慕的国度！”安提戈涅叹息道，“不过它很快就要经受一次考验，证明它是否值得我们如此羡慕。”

“你为什么这么说？有什么不妥吗？”俄狄浦斯问。

“父亲，克瑞翁和他的人马就要赶来，我心里很害怕。”

“长老们，到底谁会搭救我们呢？”俄狄浦斯喊道。

“放心。虽然我们老了，但是在这片土地上，我们依旧所向披靡。”

正说着，克瑞翁一行人来到俄狄浦斯面前。

“雅典的好公民，”克瑞翁用舒缓的语气说道，“也许我的不期而至让你们有点儿害怕，但我绝对是善意的造访。而且像我这样的老人也绝不会心存恶念来到圣城雅典，我来这里只想帮助这个不幸的人回到家乡，现在我们大家都希望他回到忒拜：他的子民，他的儿子厄忒俄克勒斯，还有我这个亲戚，大家都不希望他流浪异乡。我也很同情我的外甥女，为了照顾自己的父亲，她放弃了一切，包括成家和生子，还要防范那些好色之徒。俄狄浦斯，你虽然眼睛看不见，但请你听我把话说完。让过去的一切都过去吧，我要带你回到祖先留下的王宫里，回到那个让你魂牵梦萦的故乡。”

“克瑞翁，我十分清楚你此行的目的，我也明白跟你回去将会是什么样的后果。虽然你的话说得十分漂亮，但是再华丽的辞藻也掩盖不了你的虚情假意。我不会傻到钻进你和我那个不肖之子设计好的陷阱里的。还有，你又是为何突然‘良心发现’了呢？当时我求你把我驱逐出境的时候，你不干；当我从狂怒中清醒过来后恳求留下的时候，你却把我流放。你口口声声说你是我的亲戚，我怎么会有你这样的亲戚？我知道全城的人都诚心诚意希望我回去，但是只有你和我儿子不想让我回去。我说得如此大声，就是为了让大家都能够听到，你根本不想让我踏上忒拜城的土地，你只想把我软禁在城外。这你办不到，克瑞翁。想让我跟你回去，做梦去吧，我诅咒你，诅咒和你串通一气的那个不肖之子，还有另一个准备对忒拜开战的不肖之子，最终你们都是自掘坟墓。你看，我比你更能洞悉未来，因为我得到的预言来自伟大的宙斯和阿波罗。所以你还是走吧，不要再为我浪费口舌了。我即便客死他乡，也胜过跟你回到忒拜一千倍。”

“唉，看来虽然过去了这么多年，你还是不识时务，宁愿一辈子活在羞耻之中，也不要我们给你的荣誉。”

“你可真是油嘴滑舌，不过我不会上你的当。”

“有些人滔滔不绝，有些人却言简意赅。”

“斟酌自己话语的人是为了让局势对他有利。”

“失去理智的人不知道自己在胡言乱语。”

“你怎么还不走？这里没人欢迎你。”

“达不到目的，我不会离开。”

“别以为你能把我从这里绑走，我有强大而忠实的朋友在这里。”

“你很快就会流下悔恨的眼泪的。”

“你这个狡猾的恶魔！你用什么来威胁我？”

“用你的女儿。我早就知道你不会老老实实跟我回去，所以我才留了这么一手。我告诉你，她现在就在我手上。”

“神啊，快帮帮我吧！”

“是啊，你该流下痛苦的泪水了，等一会儿我的人抓到你另一个女儿的时候，你就会号啕大哭的。”

“我的朋友们，需要你们出手的时候到了。希望你们能信守诺言，把这个狼心狗肺的家伙从你们的土地上赶出去。”

“快走，陌生人！你已经践踏了我们礼仪之邦的名声，不但出言不逊，还在我们的土地上耀武扬威。”

“不带他走我决不离开。”

“啊，父亲，救救我！他们要把我抓走！”

“快拉住我的手，女儿！你在哪里，女儿？长老们，你们在哪里？难道你们在袖手旁观吗？”

“别害怕，我们就在你的身旁。陌生人，快放开那女孩，你竟敢在这里抢人！”

“这些人都属于我，我只是拿走我的东西。”

“你会为你的行为后悔的！”

“闪开！”

“抓住他，雅典公民们！”

“如果你们胆敢动我，那就是向忒拜宣战！”

“那就把女孩交出来。”

“你不能命令我！”

“放开那女孩，听到了没有？”

“我再警告一次，给我赶快退回去！”

“大家快来！都快过来！这个家伙竟然敢羞辱我们的城邦，快来！快来！”

“父亲，救救我！”安提戈涅绝望地喊着。

“快到我这里来，女儿！”

“他们抓着我，我动弹不得。”

“快把她带走，把另一个也给我绑了！”克瑞翁命令道。

“这叫我可怎么活啊！”俄狄浦斯呻吟道。

“失去女儿是你咎由自取，你把自己凌驾于城邦和人民之上，你的固执要让你付出惨痛的代价！”

“天啊，难道我遭受的不幸还不够多吗？”

“你也得跟我们走！”

“别妄想了！”长老们咆哮道，“你要为你的罪恶行径付出代价！”

“为什么？难道我要害怕这个可怜的家伙不成？”

“没错，你是得怕我，因为我还活着。只要神还没有将我变成哑巴，我就要诅咒你这个恶棍。你夺走了我心爱的女儿，她们就像我的眼睛一样。愿全能的太阳神赐给你跟我一样凄惨的晚年。”

“听听，这叫花子又在胡言乱语！”克瑞翁对长老们喊道。

“他们听到了，看到了，也都知道你是个什么样的家伙。不要再冒充好人了。”

“你别欺人太甚！我要亲手抓你回去，别以为我已经老得抓不动你了。”

“天啊，我还要遭受什么样的不幸？”

“你再也不会受到伤害了，”长老们安慰道，“在这片土地上，我们决不会让这个恶徒得逞。”

“我必须这么做。”克瑞翁坚持道。

“只要雅典还是自由之城，你就不能动这个人一根手指头。”

“宙斯会帮助正义的一方战胜邪恶，宙斯是我的保护神。”

“你做了坏事还请求得到宙斯的帮助，这本身就是亵渎神灵。”

“不管怎么样，你们都得接受现实。看！我的人来了。”

“科罗诺斯的公民们，大家都快过来！”长老们大声呼喊道，“快过来，主人们！帮我们救救这个可怜人！大家都过来！”

忒修斯闻声第一个赶了过来。

“发生了什么事？”他问道，“听到你们的叫声，我就立刻从祭坛赶了过来。出了什么事？”

“这个人对我做了极不公正的事情。”俄狄浦斯说道。

“他是谁，对你做了什么？”

“他是忒拜的克瑞翁，他夺走了我的两个女儿，她们是我唯一的依靠。”

“你说什么？”

“正如您所听到的那样。”

“我们必须立刻行动，马上派人去集合人马，火速赶往忒拜。一定要在那伙人赶到忒拜之前把她们救回来，不要让我在求助者的面前失信。至于你，异乡人[①]，我需要强压怒火，不然你就会死在我手上。除非你把女孩子送回来，不然你休想离开。你的行为不仅羞辱了我，也侮辱了我们的城邦。也许你认为雅典人都是贪生怕死之辈，也根本不把我放在眼里。如果真是这样，那你就大错特错了。如果忒拜人知道你这样胡作非为，掳走前来寻求庇护的人，你也会遭到他们的唾弃。我再重申一遍：如果女孩子没有被送回来，你就准备好去监狱吧！”

“埃勾斯的儿子，你说我不尊重雅典，根本就没有根据，相反，我无时无刻不把它的利益放在心上。雅典收留我的国民，这种自毁身份、违背我意志的做法本身对它就是一种羞辱。毕竟它不会希望收留一个遭到人神唾弃、弑父娶母，又和自己母亲生下不伦后代的家伙。我确信这些，因为我知道你会遵从阿瑞斯

① 指克瑞翁。——编者注

山议事会的决定，不会让罪恶玷污了雅典的圣土，这也是我要抓他女儿的原因。只要她们对我不是太过分，我会放了她们的。生气不分年龄高低，毕竟只有死人才不会生气，这就是我要表达的想法。既然我已经落到你的手中，就任凭你发落好了。若你敢对我使用暴力，虽然我老了，我也会奋力反抗。"

克瑞翁的话让俄狄浦斯火冒三丈。

"你到底还有没有廉耻？"他喊道，"你以为你在抹黑谁，是我还是你自己？你说到了凶杀、乱伦和不幸，却没有说这都是在我毫不知情的情况下发生的。它们是在我出生之前，神为了发泄怒火对我们家族降下的诅咒。你能指责我明知故犯吗？我是为了避免弑父悲剧的发生才逃离了自己的国家，谁能料到竟然会适得其反？至于我娶母，混蛋，你是最不应该说这种话的人，因为她是你的亲妹妹，你要比所有人都更清楚我根本不知道自己是她的儿子。但你不知羞耻地把这些事情抖落出来，自己站在一旁看笑话，因为你知道这些话会让我感到痛苦。如果你为我着想，你只会缄口不言，现在却厚颜无耻地指责我，虚情假意地对雅典人说着奉承话，就是为了让他们帮助你达成你的可耻目的。可是你错了，这个国度是一个真正崇敬神灵的礼仪之邦。你休想在这里赶走人家的客人，抢走客人的女儿！所以我跪在这片圣土上，祈求它的主人让你得到应有的惩罚。"

俄狄浦斯的慷慨陈词感动了众长老，他们对忒修斯说道："陛下，我们应该竭尽全力帮助这个可怜人。"

"赶快行动，"忒修斯回应道，"否则趁我们站在这里无所作为的工夫，那群歹徒已经逃之夭夭了。"

"那我该怎么办？"克瑞翁问道，"我现在是你的阶下囚了，你准备怎么处置我？"

"首先，告诉我女孩子们的具体位置。即使你的人把她们劫走了，也肯定还没有走远，我的人一定能够追上她们。跟我走一趟，按我说的去做。你设计陷害两个无辜的小生命，到头来你也是作茧自缚。是时候让你明白不能获利于不义之财的道理了。不要以为你能逃脱，不管你带来的军队有多么强大，我都有对策。我想，现在我们彼此都清楚对方的底细，除非你觉得我的话和你耍的花招分量一样轻。"

"你这么说我不怪你。但我警告你，忒拜不会对你的所作所为善罢甘休。"

"随便你怎么威胁，朝这边走。还有你，亲爱的俄狄浦斯。如果我没有战死沙场，我一定会带着你的女儿们凯旋。"

"我祝你旗开得胜，高贵的忒修斯，感谢你为我伸张正义。"

于是，他们离开了。合唱队的歌声再一次响起：

哦，快追上那些亡命之徒，
杀声回荡在战场之上！
是在神圣之路变窄的地方，
还是在海边，
两位女神站立在举圣火者身旁，
是在庄严的节日里？就在远处依稀可见。
为你唱响胜利之歌，我们伟大的领袖忒修斯，
你要从歹徒手中解救俄狄浦斯的可怜女儿。
但他们可能已经穿过了林间小路，
快马加鞭躲避你们的追赶。
无论在绵延不断的雪山脚下，
还是在奥亚山牧人放羊的地方。
他们绝对无处可逃！因为忒修斯志在必得，
雅典的年轻人势不可当，
他们会为了雅典娜的荣誉，

也为了海神波塞冬的荣耀英勇杀敌。

战斗开始了吗？啊，一个声音传来，

宙斯将让雅典取得胜利，

可怜少女的惊恐也将结束。

哦，拜托你，迅疾的鸽子，

在空中展翅翱翔，

我们的正义之师会将那些乌合之众击溃！

哦，万能的宙斯，

请站在我们一边，因为我们在为正义而战！

还有你，处女神帕拉斯·雅典娜，

宙斯的女儿，快去联合

射手阿波罗和狩猎神阿尔忒弥斯，

带上你们的武器，赶到那里，

勇士们正在为维护天理而浴血奋战的地方。

歌声刚毕，忒修斯就带着俄狄浦斯的两个女儿回来了。

“父亲！哦，父亲！”女孩儿们哭喊道。

“我的女儿，真是你们吗？”

“多亏了可敬的国王和他的勇士们。”安提戈涅一边回答，一边和伊斯墨涅一起扑进父亲的怀中。可怜的俄狄浦斯喜极而泣：“我世界上最最亲爱的宝贝，即便下一秒死神要夺走我的生命，我也死而无憾。抱紧我，让我疲惫的心灵得到片刻的安宁。我真不敢相信你们竟然能够毫发无损地回来，快说说都发生了什么事？”

“父亲，解救我们的英雄是雅典王，他会把事情的来龙去脉告诉您的。”

“啊，忒修斯，伟大城邦的英明领袖，愿诸神保佑你和你的子民。我对你充满无限的感激，因为我再也找不到像你这样为了维护圣律而赴汤蹈火的人，你同情我遭遇的苦难，痛恨我痛恨的坏人。你是怎么打败那个两面三刀的克瑞翁的？快说给我听，也让我分享你胜利的喜悦。”

“谢谢你的夸奖，俄狄浦斯。现在你的女儿已经得救，至于我是怎么获胜的已经无足轻重，最重要的是我已经履行了对你的诺言。现在我还有事要告诉你。听说你有一个亲戚来了，他正在波塞冬的祭坛前做祷告。”

“他会是谁？他想从神，或者从我这里得到什么？”

“他说想和你谈谈，并想从你这里得到承诺。”

“他没有先来见我，却直接去波塞冬的祭坛祈求，他会向我要什么样的承诺呢？”

“只知道他从阿尔戈斯来。你在阿尔戈斯有什么需要帮助的亲戚吗？”

“从阿尔戈斯来的？帮助？真是够了。我们还是谈谈别的事情吧！”

“为什么，有什么不对的吗？”

“请你不要再追问了。”

“你不想告诉我吗？”

“我知道来人是谁，我压根不想理这个人。”

“如果是这样，请你说出实情，告诉我你这位朋友的真实身份。”

“他就是我那个让人瞧不起的儿子波吕尼克斯。我一刻也无法忍受他讲话的腔调和他那令人厌恶的样子。”

“这究竟是为什么？就是听他说说话而已，也不会伤害到你，况且他也无法强迫你去满足他的要求。”

“他的声音让我感到恶心。现在为了一己私利，他才想起自己还有个父亲。求你别叫我宽恕他。”

“我不会请你原谅他，如果不是他在波塞冬的祭坛前祷告，我连提都不想提他。但事已至此，还是听听他怎么说吧！”

这时，安提戈涅插话了。“父亲，”她提醒俄狄浦斯，“自从我们落难以来，虽然我年龄不大，您也会听取我的建议。现在我想对您说说我的想法，您也该

留心这位大恩人国王说的话。让哥哥过来吧，听听他是怎么说的，他也不可能强迫您改变主意。即便他说的话您不爱听，也不会对您产生什么影响。即便他对您做过什么，您也不能这样回应他，毕竟他是您的亲生儿子。父亲，让他来吧！别的父母也会因为自己孩子的冷酷无情而生气，但是他们会听取朋友们的建议而渐渐宽恕他们，况且您所遭受的一切全都因您父母而起。愤怒只会让事情变得更糟，请您听从忒修斯善意的劝告吧。”

“安提戈涅，我的孩子，你说得很有道理，那就让他来吧！他肯定会对我的‘回答’满意的。”

“那是当然的，”忒修斯答道，“只要神赐予我力量，你就不用害怕任何人。”

“他来了！”安提戈涅喊道。

“你说谁来了？”

“是波吕尼克斯，他正站在您的面前。”

“啊，站我眼前的到底是什么人，妹妹们？”波吕尼克斯问道，“现在不是为我自己的悲惨命运鸣不平的时候，是该体会一下我可怜父亲的苦楚了。他现在就在我的面前，全身上下透着凄凉，蓬头垢面，衣衫褴褛，饥饿将他折磨得瘦骨嶙峋。对不起，父亲，我来晚了，我为您遭受的一切感到难过。我竟然没有给父亲一点儿宽慰，真是个不肖之子！看在宙斯身边的慈悲之神的分上，请您宽恕我的罪责吧！我已经为自己的铁石心肠悔恨不已。父亲，您为什么要把脸转过去？难道您没有什么话要对我说吗？难道您不愿意告诉我您生气的原因吗？哦，妹妹们，快帮我劝劝父亲，让他开口吧！我已经在波塞冬的祭坛前做过祷告，别把我灰溜溜地从他身边赶走。”

“既然你迫不及待想听他开口讲话，”安提戈涅说道，“那就把你来这里的原因和目的告诉他。无论他高兴还是愤怒，他都会回应你的。”

“你说得对，妹妹。我会把一切和盘托出。不过我要先祈求波塞冬助我一臂之力，还要感谢国王陛下，如果不是您，我可能见不到父亲了。父亲，现在让我告诉您我此行的目的。也许您已经有所耳闻，我是长子，本应继承您的权力，但是，厄忒俄克勒斯竟无故把我从城邦赶了出去！要不是他散布谣言诋毁我，我也不会被迫下台。我流亡到阿尔戈斯，娶了国王的女儿为妻，而且还结交了众多英雄好汉，他们都答应要帮我夺回王位。现在我们有七支军队和七员猛将，他们都已经整装待发，发誓要将那些辜负我的人斩尽杀绝。父亲，我来这里求您，是想让您助我一臂之力。那些将领您都认识：第一位是阿德拉斯托斯；第二位是卡吕冬的图丢斯；第三位是安菲阿劳斯，是一个无与伦比的长矛手和预言家；第四位是希波墨冬，他父亲塔劳斯让他前来为我助阵；第五位是卡帕纽斯，他说自己可以徒手推倒城墙；第六位是来自阿卡迪亚的帕耳忒诺派俄斯，是阿塔兰特的宝贝儿子；第七位就是我这个厄运缠身的家伙。我们所有人都请求您看在众神和您女儿的面子上，原谅我之前的过错，不要再生我的气。我很快就要出征，去向那个背叛我的弟弟宣战，夺回本该属于我的王位。我来这里是为了寻求您的支持，因为阿波罗的神谕显示，得到您支持的一方将会获得最终的胜利。看在故乡流淌着神圣河水的分上，还有您信奉的神明的分上，希望您能不计前嫌，跟我回去吧。我和您一样惨遭放逐，生活窘迫。我们都是愿意为了别人牺牲自己的明君；而厄忒俄克勒斯却心安理得、舒舒服服地坐在本该属于我的王位上。只要您能支持我，我一定能力挽狂澜，夺回我们的城邦！到那时我会把您接到王宫，让您颐养天年，忘却在异国他乡遭受的苦难。只要您能出手相助，我一定会信守承诺；如果您不答应，那您和我就会一无所获。”

波吕尼克斯屏住呼吸，等待着父亲的回答。可是俄狄浦斯站在那里，迟迟不肯开口。首席长老的话打破了沉默：“给这个年轻人一个答复吧，俄狄浦斯。即使不是为了他，也要看在允许他来这里的忒修斯国王的面子上，给他一个答复，再让他离开。”

“亲爱的朋友们，要不是忒修斯让他来，我死也不想见他。不过我接下来的话一定会让他再也笑不出来的。卑鄙的伪君子，是你亲口下令将我流放的，而且

更过分的是，除了我身上穿的衣服之外，你不让我带走任何财产，当时你根本就不在乎我漂泊在外、只能靠乞讨度日的窘境。而你此刻在这里哭哭啼啼，并非因为我的遭遇，而是因为你自己也陷入了窘境。你以为我稀罕那样的眼泪吗？到底是谁将我赶出城邦，我清楚得很，我也清楚如果没有女儿们的扶持，我早就离开人世了。她们为了照顾我，承担着男人一样的责任。我说，你还是走吧，你会为你的恶行付出代价。如果你的军队真要去攻打忒拜，那就记住我的话，你永远也别想踏上忒拜的土地，我诅咒你和你弟弟都死在战场上，你们的手上都将沾满彼此的鲜血，这就是我对你的祝福！这样你该满意了吧？我就是要让你们在下地狱的时候明白，一定要尊重年老无助的父亲！你还要记住，无论你和你弟弟是在祭坛上祷告，还是在王位上炫耀，正义的女神都时刻注视着你们的一举一动，她会贯彻宙斯不成文的法律。我诅咒你，愿阿波罗的预言实现。让你既不能踏上忒拜的神圣国土，也回不了阿尔戈斯。你的结局只会是和你弟弟自相残杀，最后双双死在对方的剑下。你听到了吗？快点儿走吧！把这个消息告诉你所有的追随者，让忒拜人知道俄狄浦斯已经让两个儿子公平分享了继承权！”

“唉！波吕尼克斯，”长老们叹息道，“你本是来祈求祝福的，没想到却遭此诅咒。现在说什么都晚了，你只能眼看着厄运降临了。”

“这对我和我的同盟者来说意味着灾难。我们从阿尔戈斯出发，难道就是为了落得兵败身亡？而且我还不能告诉其他人我们此战必败。妹妹们，看在神的分上，我求求你们，如果父亲的诅咒真的应验了，你们又恰巧在家，我恳求你们依照对死者的尊重把我的尸骨埋葬，免得我成为孤魂野鬼，永远不得安息。假如人们赞美你们在父亲流亡时扶持照顾他的话，将来你们再为我做了这件事，一定会得到更多赞美的。”

“波吕尼克斯，如果你还珍惜你的生命，就听我一句劝。”

“你想让我做什么，安提戈涅？”

“带着你的军队撤回阿尔戈斯。”

“这不可能！我不愿意被人耻笑为逃兵和懦夫。”

“如果你去攻打自己的城邦，你又能得到什么，死亡吗？”

“可我又会失去什么呢？我已经过着流亡的生活，而我弟弟则会看笑话。”

“所以，你宁可让预言成真也不撤兵？”

“无论什么预言都不能让我回心转意。”

“只有等你的同盟者抛弃你的时候，你才会明白。如果他们知道你注定要失败，谁还会追随你？”

“我永远也不会让他们知道这一点。一个称职的将军只宣布好消息而封锁坏消息。”

“你就这么坚决？”

“没错，不要再打算劝说我了。我要上路了，即便那是一条死亡之路，我也在所不惜。既然父亲和命运都希望我如此，我也无话可说。再见了，妹妹们！如果你们还爱我的话，亲爱的妹妹，就请你们在我死后照顾好我的遗体。永别了！”

“天啊！我们可怜的哥哥就要落入死亡的深渊了。”

波吕尼克斯走后，长老合唱队的歌声再次响起：

厄运降临让我们惊慌失措，
命运就是如此变幻无常，
我们只能默默承受。
谁也无法摆脱命运的控制，
神的力量气吞山河，
有谁能够违背神的意志？
时光流逝，一个又一个预言应验，
一日之内，事情一桩接一桩，

但更多的事情还在天庭酝酿。
啊，宙斯，你的霹雳点燃了天空！
大地遭到雷电袭击而颤抖。
黑暗像裹尸布一样将我们包围。
神啊，你又传来了什么意旨？

“这是神给我传达的信号，给我俄狄浦斯的。快来人，快去把忒修斯找来。”

天空被霹雳划破！
此情此景怎会是吉兆？
啊，雷电又一次让我们胆战心惊！
啊，宙斯，你的愤怒何时才能平息？
人类之父啊，倘若我们犯错，
给你痛恨的人提供了庇护，
我们虔诚地跪下祈求你，
求你平息你的怒火吧！

“忒修斯！忒修斯在哪儿？快让他来，我的死期到了，现在是我回报他的时候了。”

无上高贵的雅典王，
无论你身处何地，都请你火速赶来。
陌生人正在召唤你，
他想回报你的恩泽，
降福于你、他的朋友和我们的城邦。
不要迟疑，因为洪水在泛滥，

它将滚滚而过，一去不返；

而时间将勇往直前，义无反顾，横扫一切。

忒修斯，别再耽误，

为了这个陌生人、城邦、他的朋友和你自己。

片刻间，忒修斯赶了过来。

“长老们，叫我来有什么事？”他问道，“你，俄狄浦斯，你想让我帮你做什么？为什么宙斯在这里电闪雷鸣，这又有什么寓意？”

“这预示着我的死亡，忒修斯。神不会撒谎，他们说我去世前就会出现眼前这番景象，伴随着电闪雷鸣，我的生命即将走到尽头。”

“我相信你，俄狄浦斯，因为神的预言都成了现实，请你告诉我应该怎么做。”

“我会的。我死之前会告诉你一个秘密，它会永远守护你的城邦。虽然我眼睛看不见，但是我知道自己能找到要终结的地方。你要紧跟我的脚步，把我女儿带在身后，只有你知道俄狄浦斯辞世的地方，你不能让其他人知道。只有你才能听到这个能给你的城邦带来好运的秘密，所有世俗力量带给你的好处都无法和它相比。你要严守这个神圣的秘密，临终前才能告诉你的继承人，而你的继承人则要在临终前把秘密传给他的继承人。现在跟我来，不要走得太快，免得我乱了脚步，给我领路的，正是亡灵的引路人赫尔墨斯和冥后珀尔塞福涅。”

俄狄浦斯继续着他的脚步，身后跟着忒修斯和俄狄浦斯的两个女儿，一直走到刻着忒修斯和珀里托俄斯为友谊盟誓的巨石附近，那里有一个通往地府的入口。根据希腊人对待死者的习俗，俄狄浦斯让女儿们给他沐浴。就在这时，天上响起了惊天动地的雷声，两个女孩吓得瘫软在地，她们紧紧抓住父亲的双腿亲吻着。

“我的孩子们，”俄狄浦斯说，“从今天开始，你们就要失去父亲了，你们曾经那么爱我，那么悉心照顾我，我也比世上任何父亲都爱你们。你们马上就要独自生活了，每天不必再为照顾我的日常起居而操劳，也不必为我的后事而奔波。因为对我穷追不舍的神灵，终于起了怜悯之心，他们已经为我安排好安息的地方，使我毫无痛苦地去往阴间。”

说完这些话，他将两个女儿揽在怀里，三个人紧紧地抱在一起，泪水不停地从他们的面颊上滑落下来。

这时，从地面裂口深处传来一个空洞的声音。

“俄狄浦斯！你还在等什么？时辰已到，你还不快点儿。”

俄狄浦斯知道是谁在召唤他，他把忒修斯叫到身旁。

“忒修斯，我把女儿托付给你，”他说，“我知道你会好好照顾她们的。还有你们，我可怜的孩子，你们要学会坚强，现在和你们的父亲告别吧！接下来的事情只有国王忒修斯才能看到和听到。”

两个女孩的眼中含着泪水，她们跟父亲做了最后的诀别，便退到后边。俄狄浦斯抓住忒修斯的手，两人沿着石头裂口昏暗的隧道向下走去。

没过多久，忒修斯就独自一人回来了，他的脸上既有喜悦又有悲伤：喜的是，俄狄浦斯将秘密告诉了他；悲的是，从此人世间又少了一位勇士。他走到女孩身边，对她们说道：“你们父亲的人生既痛苦又漫长，但是死亡让他不再受到罪孽的折磨。你们放心，我会尽我所能帮助你们。不要哭了，因为神赐给你们父亲的死亡是所有人都不敢奢望的荣耀。你们的父亲自己走向了阴间，没有留下坟墓，也不需要哀痛。”

两个女孩在忒修斯的安慰下擦干了眼泪。安提戈涅说道：“我们希望您能送我们尽快返回忒拜，也许现在去救两个哥哥还来得及。”

“我会照办的，不论什么要求我都会答应，既是为了你们，也是因为我欠了一个人的人情。即使这个人是个罪人，那他做的事情也永远值得世人尊敬。”

七勇士攻打忒拜

——改编自欧里庇得斯的《波吕尼克斯》
和埃斯库罗斯的《七勇士攻打忒拜》

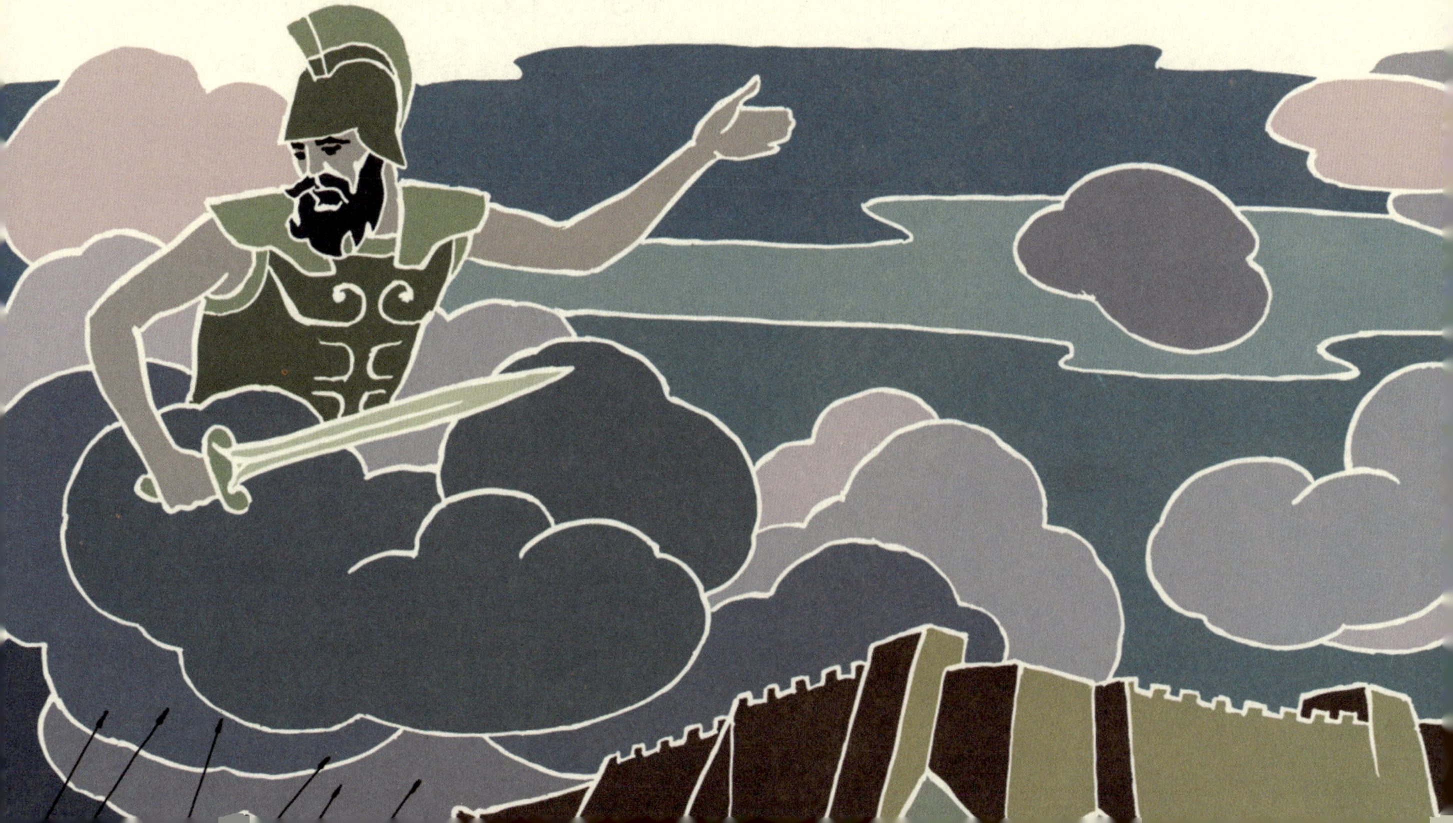

忒拜王宫门外，安提戈涅焦急地等待着她忠诚的老师，她秘密指示老师混进七勇士的大军驻地，并设法找到波吕尼克斯，希望促成他与厄忒俄克勒斯举行和谈，希望以此来避免两个哥哥发生争斗。年迈的老师终于出现了。

“在这里，”安提戈涅喊道，还没等老师走近，她就焦急地询问，“快告诉我，见到我哥哥没有？”

“当然见到了，而且他接受了你的提议。他会来找你的，他不反对和厄忒俄克勒斯见面。”

“亲爱的老朋友，你不知道我听到这个消息有多高兴！不过请你告诉我，难道他孤身一人进城不害怕吗？”

“他当然知道其中的危险，不过他说这是你的提议，所以无论如何也会答应。”

“仅仅是因为我的缘故吗？难道他就不想和平解决与自己弟弟的纷争吗？”

“这我说不准。他想和谈，但是又痛恨厄忒俄克勒斯，他想夺回王位的雄心丝毫未减。”

“也就是说，如果厄忒俄克勒斯不肯让位，那么他们就要兵戎相见了？”

“恐怕是这样。我们谈话的时候，他时不时会看两眼阿尔戈斯城的将军们，我从他们坚定的眼神中读出了嗜血的欲望，他们渴望举兵攻城，让忒拜臣服于他们的武力之下，还要血洗那些胆敢反抗的人，现在波吕尼克斯已无退路。他不顾自身的安危，答应潜入城内，当着你的面与厄忒俄克勒斯和谈，而且他也清楚，要弟弟明白他的苦衷并且让位于他的胜算十分渺茫。其他将军听说他的意图之后，都表示强烈反对。‘忒拜已经是我们的囊中之物了，’他们叫嚣着，‘战利品会堆积如山，奴隶也会不计其数。’如果你能听到他们说的话，看到他们眼里透露出的贪婪，你就知道忒拜已经岌岌可危了。”

“波吕尼克斯怎么会跟这样的人混在一起？”

“啊，孩子，你得知道，对王权的贪恋是埋藏在王公贵胄心里最大的恶念：

它让兄弟反目，父子相残。现在你的两个哥哥也同样被王权迷住了心窍。你只要爬上城墙，看看那些枕戈待旦的士兵和他们如火如荼的战前准备，就会知道他们根本就没打算撤军。”

“嗯，我会去看的。不论出于关心还是好奇心，我都想知道城墙下面正在发生着什么。帮我一下。”

“好吧，往上爬的时候要小心。”

“放心吧，老朋友，我只看他们一眼！唉，哥哥们，到底是哪位神灵非要怂恿你们发动这场兄弟相煎的战争？这到底是为什么？”

“为了完成珀罗普斯毁灭拉布达科斯家族的诅咒。快看那里，他们正在调兵遣将，阿尔戈斯的军队已经整装待发。”

“亲爱的老朋友，我很害怕，为什么整个平原到处都是他们寒光闪闪的兵刃呢？！”

“不要再幻想波吕尼克斯会率领一群乌合之众攻城，这也是我为什么说他已经箭在弦上不得不发的原因。你能认出这些将领都是谁吗？”

“哦，那个头盔上有白色顶饰、站在队伍最前面的人是谁？”

“那是迈锡尼的希波墨冬，他是一员悍将。”

“这人看起来就像一个野蛮的巨人，看见他我就心惊胆战。”

“更可怕的是那个穿着奇形怪状的铠甲的家伙，他是卡吕冬的图丢斯。”

“你是说那个娶了波吕尼克斯妻妹的家伙吗？”

“就是这个人叫嚣着要把忒拜夷为平地吧？是的，就是他。”

“唉，我哥哥结婚可真是进了龙潭虎穴。你说说看，那个正走过泽索斯墓地的人是谁？他应该是个将军吧，他身后跟着一支大军。”

“那是帕耳忒诺派俄斯，是阿塔兰特的儿子。”

“如果他小时候和妈妈上山打猎时，阿尔忒弥斯朝他腿上射一箭该多好，这样他就不会长大再来祸害我们的城邦了。”

“是啊，要是那样该多好——但是神总有他们的想法。”

“他们想毁灭忒拜。你告诉我，我哥哥在哪儿？你看到他了吗？”

“在那儿，就在尼俄伯七个女儿的墓地旁。他身边站着阿尔戈斯国王，他的岳父阿德拉斯托斯。”

“啊，是的，我看到他们俩了。我哥哥怎么忍心攻打自己的城邦？他来了以后，我一定要跪下来求他原谅厄忒俄克勒斯带给他的苦难，让他停止疯狂的报复行为。快看那儿，那个正驾着白色战车的家伙是谁？”

“那是安菲阿劳斯，他是一个预言家，而且还是一个英勇的战士。其实他并不赞成开战，也不想参加这个联盟，但是又不得不为之。因为他曾经发过誓，一旦他和妻子厄里费勒的意见不同，妻子有最终的决定权。他妻子强迫丈夫前来参战，因为波吕尼克斯答应送给她一条项链。不过我想说，那条项链的确非常珍贵，那是阿佛洛狄忒在她女儿和国王卡德摩斯的婚礼上送给她的嫁妆，据说它可以让人永葆青春。即便安菲阿劳斯明知道阿尔戈斯的军队注定要吃败仗，而且他自己也要马革裹尸、战死沙场，也还是披挂上阵了。”

“真希望既可以实现他的预言，又能让哥哥和他幸存于这场战争。你看他们中间有没有卡帕纽斯？听说他是一个野蛮可怕的斗士。”

“那个在城墙下来回走动的家伙就是他。他一定在想怎样才能爬上城墙，这家伙是个有勇无谋的匹夫，他吹嘘说，诸神也不能阻止他把所有忒拜女人绑到迈锡尼做奴隶。”

“哦，宙斯，快用雷电劈死这个傲慢的家伙，这家伙肯定会强迫我们给他的王宫扛水。我宁愿死一千次也不愿遭受那样的屈辱。”

“这倒是个明智的选择，孩子。不过我们还是先进去的好，你已经看到了七个将军和他们的军队。有一群女人正朝这里走来，她们想祈求神明保佑忒拜。”

“好吧，我这就走，一有消息你就来找我。”

安提戈涅返回王宫的时候，妇女们走到了宙斯的祭坛前。只见她们高举双臂向天庭祈祷，嘴里开始唱诵道：

我们恳求天父宙斯开恩，救救我们！
请您将我们从珀罗普斯的诅咒中解救。
不要让兄弟相残，
再没有什么比这更加悲惨。
请保佑我们不会战败成为奴隶，
受尽折磨，以泪洗面。
别让战神在我们的城墙上耀武扬威，
他还串通不和女神火上浇油，
让我们的年轻人迷失正道，
诱惑他们嗜血好战，
把他们拖向战争的泥潭。
请把顽固的战神从这儿赶走，
天父宙斯，众神之王，
请让兄弟俩相敬如初。
可我们知道人们心中的想法，
与神的期望相差甚远，
战神不会攻打我们的城门，
如果他想转身离去，
复仇女神的怒火也不会平息，
她曾经击垮了伊俄卡斯忒、俄狄浦斯和拉伊俄斯，
也一定不会放过厄忒俄克勒斯和他的哥哥。
我们害怕神明怒火中烧，
将忒拜变为人间地狱。

但是宙斯，只要愿意，

您就能驱散这噬人的黑暗。

突然，一个女人大叫起来:“我简直无法相信自己的眼睛，那个全身穿着铠甲进城的人是不是波吕尼克斯?”

“没错，就是我。我轻而易举就从城墙上溜了进来。愿神灵保佑我不要落入险境，束手就擒，否则忒拜的军队就会像野狗一样向我扑来。如果他们欺人太甚，就休怪我手中的刀剑不认人。当务之急是，我要赶快见到安提戈涅。”

“放心，”老师回应道，“你在这里很安全，安提戈涅很快就会赶来。安提戈涅！安提戈涅！快过来，你急切想见到的人来了。啊，她来了！快点儿，姑娘，你哥哥正等着呢。我先告退了，去城墙那边看看有没有什么动静。”

“亲爱的哥哥，过来，让我拥抱你一下！假如你不曾离开，也没有人把你赶走，那该多好啊！你不知道我们多么想念你。我们听说了你在外邦的婚事，你没有得到我们的祝福，我们也没有人前去参加你的婚礼。但我万万没有想到，还有比这更糟的事情！波吕尼克斯，你的这段异国婚姻，已经让我们的城邦面临灭顶之灾。如果你们兄弟二人能够和睦相处，事情怎么可能发展到今天这步?！由于祖先的罪孽，我们注定要受到神的惩罚——这已经足够了，所以我们必须想方设法阻止这场战争。”

“安提戈涅，亲爱的妹妹，我冒着生命危险来这里，就是因为你的请求。神灵接受了我的祭祀，帮助我悄无声息地潜入城中。当我看到我们的家、门前的祭坛、我曾经去过的训练场和狄尔刻的喷泉，我顿时泪如泉涌，心中的怒火再一次复燃。这都是因为我被驱逐，不得不背井离乡在异国另谋他路。在此期间我流血流汗，而这一切的罪魁祸首正是我的弟弟。”

“别这样说。尽管发生了这样的事情，还不知道是因厄忒俄克勒斯而起，还是神为了让拉布达科斯家族断子绝孙才会这样的。如果这是奥林匹斯山诸神的决定，我也不知道该如何应对，但至少我们应该做些努力，这也是我要你和厄忒俄克勒斯和谈的原因。他随时会来这里，不过你先跟我说说流放他乡怎么会那样凄惨？”

“妹妹，只有亲身经历过你才能体会其中的苦楚。”

“可你在流放中不是衣食无忧吗？”

“但是我依然思念故乡和亲人。更糟糕的是，我没有一点儿自由。”

“你的意思是说，你不能自由表达自己的想法？”

“没错，而且我还得像白痴一样对国王的愚蠢想法点头称是。”

“但是希望总是有的。”

“那也只是一个小小的安慰，一旦希望落空就会成为笑柄。”

“那你结婚前的那段时间是怎么熬过来的？”

“我总是食不果腹，妹妹。”

“我们的父母不是有很多朋友吗，难道他们没有对你伸出援手？”

“那些人在你失势的时候，就会消失得无影无踪。”

“但至少我们家族的声誉可以帮助到你。”

“声誉不能当饭吃，安提戈涅。”

“可你在阿尔戈斯混得风生水起了。”

“是的，但是和你想的不太一样。”

“究竟是怎么回事？”

“既然你想知道，那我就讲给你听，这是一段离奇的故事。阿波罗曾经预言阿德拉斯托斯的两个女儿一个要嫁给狮子，一个要嫁给野猪，国王为此气得差点儿背过气去。那时我刚巧来到阿尔戈斯，饥肠辘辘，疲惫不堪。于是，我前往王宫祈求得到食物和住处。我身后还跟着另一个人，名叫图丢斯，也是被驱逐出来的。他是卡吕冬国王俄伊斯的儿子，当时他的情况和我一样。侍从随便给了我们点儿吃的，然后把我们引到客房睡觉。那个房间里只有一张床和一些破旧布垫，图丢斯说晚上他要睡床，我只配睡在那些布垫上。他的无理要求激怒了我，我就跟他吵了起来。他骂我傲慢无礼。就这样，我们吵得不可开交，双方都拿起了剑和盾牌，阿德拉斯托斯走进房间的时候，我们已经准备开始决斗。

"'这是怎么回事？'他怒吼道。不过他的眼神立刻被我们盾牌上的图案吸引住了，我的盾牌上是象征着忒拜的雄狮，图丢斯的盾牌上则是象征着卡吕冬的野猪。'你们是牲畜吗？为了这点儿事就要拼个你死我活？'他喊道，'放下武器，告诉我你们从哪里来，为什么盾牌上刻着雄狮和野猪的图案？'我们向他解释了缘由，于是他就把阿波罗的神谕告诉了我们。

"第二天，他就把两个女儿分别许配给我们二人。此后，他还承诺要帮我们继承自己父亲的王位。当然了，是用战争抢回来。由于忒拜在地理位置上更靠近阿尔戈斯，所以便成为进攻的首要目标。你看，幸运之神在对我微笑，命运让我有机会夺回本该属于我的王位。至于那个毫无王法的贼人，就让他在我们精兵强将的震慑下肝胆俱裂吧！我们有七位将领：阿德拉斯托斯、我、图丢斯，还有从伯罗奔尼撒来的其他四位将领，而且我们有一支精悍且士气高昂的军队。在这件事情上我决不妥协，流放中我受尽了苦难，现在我必须继承父亲的王位。那贼人虽有贵族之名，也只是个奴才命。谁能笑到最后，谁才是真正的王者。"

就在他说话的时候，女人们突然大叫起来："厄忒俄克勒斯来了！愿神灵能够让两兄弟重归于好！"

"现在就要靠你了，安提戈涅，"长老说道，"也许你的睿智能够化解他们之间的仇怨。"

"如果他们需要帮助，我会做的。到这里来，厄忒俄克勒斯，这是你的哥哥。你不知道看到你们兄弟二人重逢我有多么高兴，所以请你们一定要珍惜这个机会！"

"好吧，妹妹，我来了，只要能让你高兴，做什么都行。可这个家伙得有点

儿诚意，放弃他的非分之想。”

“哥哥，”安提戈涅乞求道，“不要一见面就指责对方，说话之前不妨先多检讨自己。原谅我对你们这么说话，现在父亲不能对你们的行为加以指正，母亲也不能批评教导你们。我知道按照传统，一个女孩的意见根本没有分量。

“但请你们就当这是母亲借我的口说出的话。如果她还活着，一定会对你们说同样的话。快冷静冷静吧，别再互相咆哮了。你们眼前的人不是什么蛇发女妖，而是你们骨肉相连的亲兄弟！还有你，波吕尼克斯，把头转过来，看着厄忒俄克勒斯。如果有话对他说，就请把话说得委婉一些，这样他才会听下去。我们母亲曾经说过，如果两个吵翻了的好朋友想继续和好，他们就必须目视对方，想一想那些把他们连在一起的纽带，即便有再大的仇怨也能搁置在一边。波吕尼克斯，现在告诉我们，你为什么要率领外国的大军来这里。如果你受到了不公正的待遇，那就请神来做出一个公平公正的裁决，也好让你们能够和好如初。”

“妹妹，那我就开门见山地讲了，事实胜于雄辩。事情的经过大家都知道，我和弟弟曾经约定过我和他要轮流执政，任期一年，期满以后互换。可是他违背了自己的誓言，侵吞了我所有的财产，还将我驱逐出境。现在，我只想继续遵守我们当初轮流执政的约定，这样我就会把军队撤回阿尔戈斯。我一点儿也不想进攻生我养我的祖国，也不想摧毁它的城池，但若得不到我想要的公正，那我只能攻城。神灵作证，我这么做，纯粹是为了要回本该属于我的权力和城邦。我说得已经够清楚了吧？这个要求再合理不过了。”

“既公平又大度，”旁听的女性首领回答道，“现在就请厄忒俄克勒斯秉持公正，讲讲自己的理由吧！这样我们就能够分享你们重归于好所带来的和平与安宁了。”

“我当然会讲道理，”厄忒俄克勒斯回答，“但我想多说一句，如果人们都言行一致的话，那这个世界上就绝对不会有任何争端。我认可我们按照道理来判断事情的对与错，但现实往往与它相悖。我想追星逐日，甚至进入无尽的深渊，如果这些愿望都有可能实现，那也只是为了实现一个远大目标——利用象征着世俗王权的女神瓦西莉亚的赐福，完成我的宏图伟略。但可恨的是，这个家伙竟然想让我把权力拱手相让！我想问你们，如果我照他说的做了，你们会认为我是个盖世英雄，还是一个胆小如鼠的懦夫？他带着大军攻城，未折一兵一卒，我就这么急着投降，这对我来说难道不是奇耻大辱吗？如果他和和气气地来，我会很乐意请他进城。至于他现在的无礼要求，我肯定要断然拒绝，只有傻瓜才会把王位拱手让人。开战吧，我说！我必将让你们折戟沉沙，丢盔弃甲！王位是我的，我不会交给他！即便我这样做不符合道义，但只要在我的统治下天下大治，那我就是明君。”

旁边的女人们惊恐万状。“陛下，您怎么能这么说？”她们抗议道，“您怎么能赞扬不公、践踏正义呢？”

“还有，哥哥，”安提戈涅又道，“你怎么能只去崇拜那个最恶毒而且只爱权力的菲拉尔基亚，而对其他的神熟视无睹？你怎么能在她的面前昏了头？难道你不知道一旦让她钻进王宫，无尽的灾祸就会接踵而至？你难道忘了还有其他的神存在吗？平等之神伊索提斯，如果不是她，兄弟和朋友之情该怎样维系？如果没有她，友谊与和平就不会存在。如果一个人富可敌国，而另一个人衣不蔽体，那争斗不可避免就要发生了。想想看，是昼与夜两姐妹公平地分配了各自的时间，才让嫉妒没有了可乘之机。而你现在却拒绝公平地分配权力和财产，宣称自己有瓦西莉亚女神的庇护，可以轻松吞下这不义之财。但你可曾想过，你将为此失去安宁与公正。仔细想想，难道一生中值得你关注的只有荣誉与王权吗？要知道过度的财富只会带来毁灭，真正的智者会选择清心寡欲。如果我问你，王权和救国你选择哪一个，我知道你会选择前者。但请你冷静地想一想，当敌人的大军占领忒拜，烧杀抢掠，掳走所有姑娘为奴，到那个时候你的王权不也将灰飞烟灭了吗？

“还有你，波吕尼克斯，你竟然同意了阿尔戈斯那群豺狼制订的进攻祖国的计划，这实在太愚蠢了！你作为征服者再次踏上这片土地的时候，你又有什么好炫耀的呢，又该怎么去面对宙斯的祭坛？难道你要用这样的方式去祷告吗？——‘要将自己祖国夷为平地的波吕尼克斯，奉上这些盾牌以敬神灵。’我希望你不会获得这样酸楚的胜利。如果你战败逃回阿尔戈斯，在忒拜城外留下尸横遍野的阿尔戈斯士兵，难道你能忍受人民这样说你：‘阿德拉斯托斯，这可真是一场壮观的婚礼，给你女儿作陪嫁的竟然是我们花季年华的少年！’波吕尼克斯，我相信你也不希望这样。同你的弟弟一样，你们都只是因为固执而一时冲动。趁现在还有机会都好好想想吧，没有什么比冲动这个魔鬼更害人的了。”

“安提戈涅说得有理，”女人们异口同声地喊道，“啊，诸神，请你们驱走笼罩在忒拜上空的乌云，让兄弟二人重归于好吧！”

“都给我闭嘴！”厄忒俄克勒斯怒吼道，“我们这是在浪费时间，现在想让我们重归于好只有一条路可走，那就是我依然独掌大权，而你这个反贼要火速撤走驻扎在城外的大军，否则就是死路一条。”

“杀我的人必将与我同归于尽。”

“给我滚！看来你还不明白我到底拥有什么？”

“我当然明白，我看到了一个利欲熏心的懦夫。”

“这么说，你带着强大军队就是为了对付一个懦夫？”

“一个将领的决策必须胸有成竹，鲁莽行事是兵家大忌。”

“但我只想说，不管是你众多的兵力，还是你对诸神的献祭，都无法让你逃过死亡的结局。”

“为什么不能？我只想夺回理应属于我的一切！”

“我们什么也不欠你的！快滚！”

“诸神啊！看到我受到的不公了吗？我竟然要被轰出自己的城邦！”

“一个要毁灭自己城邦的人，没有资格说这样的话。”

"哈，快听听这个背信弃义的人说的胡话！"

"你以为你是在和谁说话，叛国贼？"

"篡位者！你偷走了本该属于我的王位！"

"我再说一遍，忒拜的王权只属于我！"

"妹妹！女士们，你们都听到了吗？"

"你是她们的敌人！快给我滚！"

"很好！那就在战场上一决高下。"

"我正等着那一刻！"

"我会在第七个城门前等你。"

"放心，我一定会去那里和你决斗。"

"这就是我们的结局吗？！"安提戈涅哭喊道，"难道你们非要让父亲的诅咒继续下去吗？"

"该来的终究要来！就算忒拜的王宫在我面前倒下，我也会毫不动摇地把持王权。"

"而我呢，像个奴隶一样被驱逐过，就好像俄狄浦斯不是我父亲一样。但我的剑已经出鞘，如果我的祖国因此而遭受灾祸的话，那也全都是厄忒俄克勒斯的错。我现在就走，再见了，为我着想的人们，让我再看一眼神像和陪伴我长大的宫殿，这可能是我最后一次见到它们了。我现在信心满满，相信在神的帮助下一定能夺回父亲传给我的王位，现在我必须赶到我命中注定要去的地方了。"

"走，我会在那里等着你。在第七个大门外，与你决一死战的时间快到了。"

兄弟俩转身离开的时候，安提戈涅央求道："两位哥哥，不要，千万不要这样！不能这样！即便没有你们两人参战，阿尔戈斯和忒拜人也会打得天昏地暗。"

厄忒俄克勒斯和波吕尼克斯对妹妹的哭喊充耳不闻。安提戈涅绝望地站立片刻，然后跑进王宫撕心裂肺地哭了起来。妇女们也神情忧郁，站在那里唉声叹气。

“天啊，这两个可怜的孩子就要去自相残杀了，”一个妇女说道，“他们不会争到忒拜的王位，等待他们的只有死亡。”

“都怪他们自己不够冷静，”另一个说道，“他们都太固执，被争权的仇恨蒙蔽了双眼。”

“我们只能祈求神能同情他们的遭遇，让他们回心转意。”

“他们得不到怜悯，所有的神都憎恨他们。再说也没有谁能改变命运女神的抉择，预言家泰瑞西阿斯曾说过：‘他们会死在对方的剑下。’”

“真是不幸，太不幸了！”女人们哀叹道，她们随即唱起了一首悲歌。

看世间生死无常，福祸相依，
残暴的阿瑞斯竟来到酒神的宴会，
正值我们的少年畅饮着生活的甘甜，
纵情欢歌，快乐舞蹈直至天明。
但疯狂的战神让爱的舞蹈戛然而止，
他走进了舞池，剑拔弩张，
人世间变得哀鸿遍野，狼烟四起，
他跳起了烈火与死亡之舞。
不和女神为自己的暴行兴奋得尖叫，
兄弟俩遭到她恶毒的离间，反目成仇，
不幸的拉布达科斯家族仅存的血脉啊！
马上就要在她对忒拜的诅咒下化为乌有。
啊，巍峨的基喀戎山，仙女们的家园，
是狄俄尼索斯享受荣耀、阿尔忒弥斯轻松漫步的地方。
倘若你们不对那个有着肿胀的脚的孩子施以援手，
而将他无情地赶下地狱去死，

这样便可救赎无数忒拜的青年男女，
拯救他们厌恶战争的母亲们。
虽然你们怜悯那孩子的不幸，
但你们是否知道神为他和儿子安排了何种命运？
这些被诅咒的儿子现在磨刀霍霍，
为了争夺王位厉兵秣马，
还要对自己的祖国大动干戈。
曾受诸神宠爱的忒拜，
经卡德摩斯王之手缔造，
祖先可追溯到伟大的宙斯自己。
所有神子赶来参加婚礼，
坐在火神锻造的金色王座之上，
那是他为钟爱的哈耳摩尼亚亲自锻造的。
还有卡德摩斯的女儿，可爱的塞默勒，
被宙斯选中，
生养了狂欢之神，欢乐的使者，
狄俄尼索斯，忒拜的守护神。
再一次，在众神的授意下，
伴随着安菲翁悦耳的琴声，
美丽忒拜的七座城门和它高耸的城墙得以建成。
然而嗜血的阿瑞斯，
要将忒拜城和它的乡亲毁于一旦。

“有人来了！”女人们的首领喊道，“是老师，也许他给我们带来了新的消息。在这儿，老师！你上城墙了吧？你都看到了什么？”

“真是一言难尽！安提戈涅在哪里？”

“她来了。”

“老朋友，”安提戈涅焦急地问道，“你打探到了什么风声？我的哥哥们还活着吗？城门守住了吗？”

“放心吧，孩子，你哥哥们都还活着。我从城墙上看见阿尔戈斯的军队发动了一次猛攻，战士们拼死抵抗才没有失守。我会把我看到的一切原原本本地告诉你。进攻开始之前，我们听到敌方阵营中传来阵阵号角声。随着冲锋号再一次响起，敌兵如潮水一般向城门涌来。

“刚开始，敌人用弓箭长矛远攻，但并未打乱我军的阵脚，于是，图丢斯喊道：‘达奈德斯的子孙们，趁敌人还没拿弓箭把我们全部射死，快把骑兵和战车推上去猛攻！’听到命令后，敌军士兵对我们展开了新一轮进攻，接着就是一阵激烈的交战，血水浸湿了原本干裂的大地。紧接着，帕耳忒诺派俄斯又向城门发起了猛攻。‘把火把和镐头拿过来！’他怒吼道，企图燃起大火烧毁城门。可就在他疯狂进攻的时候，一块巨石砸在他长满金发的头上，就这样，他可怜的母亲阿塔兰特再也见不到自己的儿子了。

“厄忒俄克勒斯确定自己戍守的城门固若金汤后，便动身去查看其他城门的战况，我为了能看到他的一举一动，也跟了过去。不一会儿，我就看见图丢斯带着一队士兵向城墙投掷长矛，我们的人顿时丢盔弃甲，仓皇而逃，但是你哥哥又把他们赶回了阵地，尽管这对于战争狂卡帕纽斯来说也是无济于事。你真该看看他当时有多么疯狂！他把梯子连在一起，把盾牌举过头顶，嘴里高呼着就算宙斯也无法阻挡他攻下忒拜城。

“可能是报应吧，天上突然降下一道霹雳将他击中，他焦黑的尸体坠向地面。看到此情此景，阿德拉斯托斯意识到宙斯是站在忒拜这一边的。于是，他命令部队撤退，我们的战士看到这样的吉兆后士气大振，他们打开城门，追击溃逃的敌军。双方陷入了激烈的混战，方圆几十里杀声震天，血流成河，尸横遍野。

这就是我所看到的一切。直到现在我们的城墙依旧完好无损，但我们能否取得胜利，这都得仰仗神灵的帮助。”

“老朋友，你告诉我们的消息可真不少，”安提戈涅说道，“但还有一件事情你没有告诉我：我两个哥哥还没有碰面吧？”

“他们都还活着。你还想知道什么？”

“你好像有意隐瞒了一些事，是什么？”

“我带来了好消息，这还不够吗？”

“是的，还不够，我想知道真相。”

“为什么非要破坏这愉快的气氛？”

“你让我感到害怕。”

“我已经说了，你两个哥哥都还活着。”

“老朋友，无论怎样，我都希望你如实告诉我一切。”

“既然你这样逼我，那我就告诉你后面发生的事情。厄忒俄克勒斯去了第七个城门，门外是波吕尼克斯和他的大军。波吕尼克斯怒吼道：‘懦夫，背信者！大家看到了没有？这家伙都不敢出来见我！’话音刚落，厄忒俄克勒斯就从城楼上喊道：‘我来了，波吕尼克斯，现在就让你见识一下谁才是真正的勇士。等我下来！’他从城楼一口气跑到城门口，下令司号兵停止吹号。等两方士兵都安静下来后，他深吸一口气大声喊道：‘达奈德斯的将士们，所有想攻克忒拜城的人，还有守卫领土的卡德摩斯勇士们，请你们倾听我的肺腑之言！不要为了我或者波吕尼克斯牺牲自己的性命，放下你们手中的武器，让我们两人决一死战。如果我打败了他，王位就还是我的。如果他打败了我，他就继承王位。你们阿尔戈斯人就可以回家。我不想让这里再血流成河。’波吕尼克斯高喊着表示同意。他的声音淹没在阿尔戈斯和卡德摩斯将士们发出的阵阵欢呼声中，大家都为战争以这种方式结束而高兴。紧接着，兄弟两人向诸神祭酒，并请求宙斯监督这场决斗的公正性。祷告结束后，两人一手紧握宝剑，一手抓起盾牌，双

方都用仇恨的眼神计算着与对方的距离，企图一击制胜，致对方于死地。看到这里我就没敢再看了，因为我参加过很多战斗，看到过太多残酷的场面，我衰老的心脏承受不了两兄弟自相残杀带来的重负。”

“老朋友，求你带我过去，也许我还有机会阻止……”

“已经有了结果！”就在这时，传令官上气不接下气地跑了过来。

“什么结果？”安提戈涅惊恐地问道。

“两兄弟双双战死，死在了对方的剑下！”

“天啊！”安提戈涅顿时哭着瘫倒在女人们的怀中。

“听到了吗，拉布达科斯家族的宫殿！”一个妇女大喊道，“俄狄浦斯的儿子们都死了，对权力的贪婪和彼此的怨恨害死了他们！”

“是因为他们对自己的父亲不敬。”另一个人说道。

“不，是他们的悲惨命运害死了他们！”又一个妇女大喊道，“阿波罗让他们为拉伊俄斯当年的过错付出代价。”

“诸神啊！”安提戈涅哭喊道，“既然你们要将这个家族斩尽杀绝，那就快来吧，我也不想活了。”

“神不会待人不公，我的孩子，”老师说道，“你和你妹妹都没有做什么应该遭到惩罚的事情。”

“就算我们自己不该受到责备，但我们的血脉也受到了牵连。就像惩罚所有不公平一样，诸神也用惩罚恶人的方式对待那些无罪的人。这就是天条，我们只能逆来顺受。为什么所有的忒拜人都要受到牵连？阿尔戈斯的军队是否会善罢甘休，还是准备要把这座城市夷为平地？”

“别害怕，我的孩子，”老师安慰道，“神已经决定要拯救我们的城邦。泰瑞西阿斯也这么说，他的预言一向准确，对方的预言家安菲阿劳斯也是这么说。而且忒拜城墙既高且厚，我们的指挥官已经严阵以待。”

“但愿如此。传令官，我哥哥死前有没有留下什么话？有没有留下什么命令或者遗嘱？”

“我没有听到任何这样的话。只是在决斗之前，我听到他们请求神灵帮助他们杀死对方。这真是对神灵的亵渎！先是波吕尼克斯面向阿尔戈斯，祈求女神赫拉庇佑他。他大声叫道：‘啊，赫拉，伟大的女神，阿尔戈斯的守护神，我也是您的子民，因为我娶了阿尔戈斯国王的女儿，而且率领阿尔戈斯的大军来进攻忒拜。请您看在这两件事的分上，帮助我消灭面前这个贼人！’他当时就是这样说的，他的话引起了极大的不满。紧接着，厄忒俄克勒斯面朝雅典娜神庙大声祷告道：‘宙斯的女儿，请您助我一臂之力，帮助我杀死这个企图弑君夺位的家伙。’他说话的口气让人感觉对手不是和他有血缘关系的亲哥哥，而完全是一个陌生人。

“然后战斗的号角响了起来，两人开战。刚开始两人打得难分难解，片刻之后，波吕尼克斯抓住了一个破绽，朝厄忒俄克勒斯腿上猛砍了一剑，阿尔戈斯军队顿时响起了一阵欢呼声。不过好景不长，厄忒俄克勒斯施计诱使哥哥举起盾牌，然后闪电般地把宝剑刺向哥哥毫无保护的身体，波吕尼克斯立刻重伤倒地。厄忒俄克勒斯发出了胜利的欢呼声，然而就在他弯下身子准备拿走盾牌作为战利品的时候，一息尚存的波吕尼克斯拼尽全力给出了致命一击。就这样，国王倒在哥哥的身旁，两个人双双战死。这就是我所知道的一切，即便他们死前有什么遗言，由于当时我离得太远也无法听到。我看到这个可怕的结局后，马上就赶过来报信了。”

“啊，我的哥哥们！”安提戈涅绝望地哭道，“你们都不愿意听到理智的声音，如今，王室的血脉已经如鲜花般凋零了。”

“苦命的人啊，贪欲让你们自相残杀，”妇女们的首领说道，“你们都因贪恋王权和荣耀，而去了哈迪斯黑暗的地狱。”

“天啊！灾难像重锤般砸在我们的身上。我们为父亲的不幸而哭泣，为母亲的遭遇而悲伤，为兄弟之间的仇恨而流泪。如今眼泪已经流干，我们的心中只留下沉重、麻木的伤痛。”

妇女们用同情的目光注视着安提戈涅，用悲痛欲绝的声音唱道：

啊，愤怒的复仇女神，
你肮脏的目的已经得逞。
是不是还有更邪恶的事情，
等着给我们最后一击？
起初，你把拉伊俄斯击垮，
现在，更多的人要受到牵连，
你给了他多么悲惨的命运啊，
竟让他死在自己儿子的手中！
接着，你又给俄狄浦斯准备了
一个尽人皆知的凄惨命运。
他曾经拯救忒拜人于水火，
把可怕的斯芬克斯赶下了山崖，
自己却也落得被推翻放逐的下场，
最可怕的是他竟然刺瞎双眼，
跌跌撞撞下到了地狱之中。
现在他两个儿子也命丧黄泉，
这是你最后的致命一击。
手足之间互相残杀，
燃烧的仇恨火焰终于熄灭。
两个凶手，两个受害者，两方土地，
却成为他们在出生地的最后归宿。
够了，可怕的复仇女神！让我们有片刻宁静

用来吞咽苦水，抚平我们心灵的伤痛。

这个国家遭受了太多的灾难，

多灾多难的王宫已承受不了任何打击。

妇女们突然停止了歌唱，因为她们看到有人走了过来。“那是克瑞翁！”一个妇女叫道，“他一定有什么事情要宣布，快听。”

克瑞翁登上通往城楼的台阶，俯视着下方宣布道：

“尊贵的俄狄浦斯之女，勇敢的忒拜战士的妻子、姐妹和母亲，还有此刻所有正在听我讲话的人，我给大家带来了激动人心的好消息，我们的国家得救了。阿尔戈斯的军队不愿意和平撤离，他们企图占领我们的城邦，结果付出了惨重的代价。在接下来的战斗中，众神帮助我们取得了伟大的胜利。战斗结束后，敌军的七个将领中只剩下阿德拉斯托斯还活着，他带领残部逃走了。

“现在不是向大家通报整个战争经过的时候，因为我另有事情需要宣布。我们的国王已经战死，我是王位唯一合法的继承人，我是国王的舅舅，也是和他关系最近的亲戚。我在他死前接受了遗嘱，他请求我继承王位，并在他死后统治这个国家。他托我照顾他的两个妹妹，尤其要隆重举办安提戈涅和我儿子海蒙的婚礼。他还命令我——这个命令也许是他最后也是最大的愿望：要把波吕尼克斯的尸体抛到荒郊野外，让他的肉体遭受野狗和秃鹫啃食，让他的灵魂永远不得安宁，让所有想侵害我们城邦的人看看侵略者的下场！无论谁敢私自埋葬他，都要被判处死刑。这就是厄忒俄克勒斯最后的遗愿。依照神灵和他的意愿，现在我就是忒拜的国王了，遵照他的遗愿行事，是我作为新的统治者必须尽到的职责，而且公正的法律也约束着我们所有人必须要这样做。”

“只有神才会知道这个法律是否公正，”女人们说道，“但有一点再清楚不过了：它太严苛，没有人敢去违抗它。”

这时，安提戈涅大声叫道：“我敢！”

妇女们听到后惊恐万状。

“你在说什么？”克瑞翁倒吸一口凉气，“没想到你竟然会说出这样的蠢话。”

“如果说愚蠢，你准备做的事情才是愚蠢！”

“这是厄忒俄克勒斯的命令，我有责任去执行。”

“如果这个命令是错误的，你是不是也要执行？”

“你的意思是说，让野兽啃食波吕尼克斯的尸体的做法不妥吗？”

“这种做法既不公正又蔑视法律，因为神的不成文规定要高于人间的法律。”

“难道波吕尼克斯对自己的城邦所做的伤害还不够多吗？”

“无论什么样的惩罚都应该由神来决定。”

“难道人们处罚一个背叛自己城邦的叛徒都不行吗？”

“让他们活着的时候受到惩处，死后一律平等。”

“但他是咎由自取，罪大恶极。”

“他只是想得到本该属于自己的东西。”

“够了！谁也不准埋葬他。”

“看在我母亲、你死去的妹妹的面子上，我求求你。请你撤回这道残酷的命令吧！”

“乞求也没有用。”

“那至少让我清洗一下他的身体。”

“我已经说了，不能让他安息。”

“至少让我最后一次亲吻他。”

“随你的便！只要你这么做了，你和我儿子就不可能举行婚礼了！”

“如果我不听你的安排呢？”

“我说了，他是一个叛徒，你不需要对他有丝毫怜悯。”

“他的命运是受神掌控的，我不能称他为‘叛徒’。”

“这也是为什么我们既不能埋葬他也不能为他哀悼。”

“我决不屈服！我会想办法埋葬他的。”

“如果你敢那么做，你就会和他一样被埋进坟墓。”

“还有什么比和亲爱的哥哥共享一个墓穴更让人快乐的呢？”

“这是我最后的警告，安提戈涅。检讨一下你的行为，你正在自掘坟墓！”

“克瑞翁，你威胁不了我。我会尽自己的义务，你想怎么做是你的事。至于孰对孰错，就交给子孙后代来评说吧。”

“哦，厄里倪厄斯，愤怒的复仇者！”妇女们大喊道：

啊，厄里倪厄斯！
你又发出了更加致命的一击，
让我们恐惧的厄运即将降临。
你主宰了所有人的命运，
俄狄浦斯的血脉也将全部凋零。
我们惶恐，不知道该何去何从，
谨慎告诉我们应该服从，
职责却告诉我们决不！
我们真羡慕你，勇敢而不幸的少女，
你不怕牺牲自己，勇敢向前。

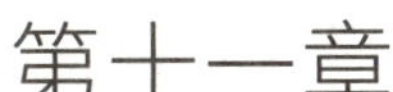

第十一章

忒拜公主安提戈涅

——改编自索福克勒斯的剧作

忒拜王宫外面。黎明女神用玫瑰色的手指点亮了这座多灾多难的城市，安提戈涅正焦急地踱来踱去。突然门打开了，伊斯墨涅走了出来。

“伊斯墨涅，”她焦急地说着，“在阿波罗的所有预言中，你知道还有哪一件没有发生吗？怨恨、痛苦、羞辱，还有蔑视，比这些更糟糕的事情我们都已经历。命中注定一家人相继惨死也都一一应验。现如今似乎这一切都还不够，克瑞翁又下了一道毫无人性的命令。这个新的不幸已经来到我们家门口，可能你还没有听说这个只有仇敌才能想到的邪恶命令。”

“你的话让我震惊，安提戈涅，我还没有听到任何消息。两个哥哥都死了，阿尔戈斯的军队吃了败仗已经撤退，从那一刻起，我的心就已经麻木了，无论好消息还是坏消息，我都觉得无所谓了。”

“我知道肯定会这样，这也是我约你到宫外单独见面的原因。”

“快点儿说，到底发生了什么事？我担心又有厄运要降临了！”

“伊斯墨涅，还真让你说中了。王权在握的克瑞翁只愿意给厄忒俄克勒斯下葬，而要将波吕尼克斯的尸体扔到荒郊野外以示惩戒。他宣称厄忒俄克勒斯是为国捐躯，所以要举行盛大的葬礼，好让他在冥界也受到尊重。至于死在血泊中的波吕尼克斯，不允许任何人将他埋葬，要让他的尸体被野狗和秃鹫啃食。这就是我们‘忠诚’的克瑞翁所做的决定，而且据说他之所以这样做，就是为了对付我们，尤其是我，因为他了解我的为人。他随时都可能来宣布他的命令，而且警告我们说：谁敢藐视他的命令，就将被乱石砸死。现在你全知道了，你能做一个称职的女儿和妹妹吗？”

“既然事已至此，我还能做些什么？我不幸的姐姐。”

“你要决定是不是愿意助我一臂之力。”

“你到底想说什么？姐姐。”

“我想请你帮我把波吕尼克斯的尸体抬走。”

“你是说违抗克瑞翁的禁令吗？”

“他是我们的哥哥，我不能丢下他不管。”

“姐姐，你疯了吗？你怎么胆敢去违抗禁令？”

“谁也阻止不了我尽自己的义务。”

“安提戈涅，我亲爱的姐姐，请你冷静点儿。难道你忘了父亲遭受的屈辱吗？他不顾后果要将事情昭示天下，以致最后他自己也无法忍受那样的结果，竟然挖出了自己的双眼；再想想我们的母亲，她自缢身亡；而我们的哥哥像疯狗一样相互厮杀，最后都成了对方的刀下亡魂，死得无比凄惨。如果我们两个自不量力去挑战这个国家的王权，想象一下我们的命运又将会怎样？亲爱的姐姐，不要忘了我们都是女人，哪有能力做出违抗王权的事情？即使还要面对更糟糕的命令，我们也只能乖乖顺从，所以我选择默默去忍受。我能做的就是祈求哥哥的原谅，因为我也无能为力。”

“够了！看来找你是我的错。不用你帮忙，我要一个人去给哥哥下葬。为了尽自己的义务，死了又何妨？即使是藐视法律，我也要尽到自己的义务；就算去阴间陪伴哥哥，我也会为自己的所作所为感到高兴，而你却因为畏惧背叛了心爱的哥哥。”

“我没有背叛他们，我只是没有能力和这个国家对抗。”

“这只是你给自己找的借口罢了，我要去祭奠我死去的哥哥。”

“想到你要为此付出多么惨痛的代价，我就浑身发抖。”

“不用为我担心，你好自为之。”

“为什么要这么鲁莽？你至少应该谨慎一些，不要让别人发现了你的意图。”

“你快去告密吧，把这件事大声告诉他们，我不需要你的保护！”

“姐姐，我知道你是个热心肠，不过你要做的事情既艰巨又危险。”

“那又能怎样，假如我这样做还能让冰冷的四肢暖和起来呢？”

“不能，你永远不能。”

“我要去埋葬他。虽然我不知道能不能成功，但是又有什么事是确定无疑的呢？所以我一定要去。”

“量力而行才是聪明人的选择。”

“闭嘴，别让我恨你！不要再靠近尸体，也别让死者恨你，永远不要。别再劝我了，大不了就是一死。”

“那你去吧，鲁莽的姐姐。至少你在那里能见到你爱的人，你会得到爱的回报。”

说完这些，伊斯墨涅走回王宫，安提戈涅则转身从大门走了出去。她离开后，一群忒拜长老来到这里围成了一圈，他们高举双臂，大声唱道：

啊，太阳，万丈光芒的太阳，
你驱走了夜的昏暗，照亮每一寸大地，
纵使敌人有战车千乘，
你也能让他们兵败如山倒。
波吕尼克斯来了，
带着全副武装、磨刀霍霍的贼兵；
仇恨和不义让他迷失。
他像一只老鹰，可怕的嘶吼声在大地上回荡，
他要毁掉忒拜城。
他用重兵把忒拜围得水泄不通；
用火与毁灭威慑我们的城堡，
妄图来奴役我们的妻子儿女。
谁承想我们的战士骁勇善战，
他自己反落得兵败身亡，自取其辱。
那是因为天父宙斯痛恨亵渎的言语，
他厌恶目中无人、自负狂妄；

他从空中降下霹雳，
劈向那个正要宣布胜利的恶徒。
在忒拜七座城门的城墙上，
霹雳让他化为焦炭，尸体滚下城墙，
生前他曾自诩能攻下忒拜，
可他又怎能奈何神的意志？
这意味着那自视甚高的七个将领的末日，
在他们向宙斯的祭坛献祭的时候，
神灵早已将他们抛弃。
那对兄弟，不幸的两个人，
他们是一个父亲的血脉，也睡过同一张婴儿床，
却为自己争来了最悲惨的死亡。
还有什么死法，
能比手足相残更凄惨呢？
现在忒拜已经大获全胜，
让我们忘记战争带来的苦痛，
大家一起奔向神庙，
为狄俄尼索斯翩翩起舞，
也为救世主宙斯歌功颂德。

“快看，国王来了！”首席长老叫道，“现在听听他到底为什么叫我们到这里来。”

“忒拜的子民们！”克瑞翁走过来后大声喊道，“神灵让忒拜经受了毁灭的考验，又让忒拜再次挺了过来。之所以把大家召集起来，是因为我知道你们敬畏王权：首先是对拉伊俄斯，后来是对俄狄浦斯，再后来是对他的两个儿子。

现在大家知道，兄弟二人因为争权双双死去，我作为先王的宗亲继承了王位。作为国王，我希望你们能用我的所作所为来评判我。我相信，一个国王就应该为人民谋福祉，而不是让所有人畏惧，那样是不对的。同样，如果有人把友情凌驾于城邦利益之上，那是愚蠢的。我向宙斯起誓，我决不会隐瞒灾异，资敌叛国。我们的国家应该像一艘永不沉没的巨船，只有忠勇义士、我们的人民、值得信赖的伙伴才可以乘坐。只要我们这样做，一定会让城邦变得更加强盛。正因为如此，我在这里宣布对俄狄浦斯两个儿子的处理安排。

“我已经下令要给厄忒俄克勒斯国葬的荣耀，这是对他率军卫国的奖赏；至于波吕尼克斯，他背叛了自己的祖国，妄图毁灭家乡、奴役乡亲，还让自己的弟弟死于非命。正因为如此，我下令不准任何人为他哀悼，也不允许任何人为他举行葬礼，要让他暴尸野外，让秃鹫啄食他的肉体。我之所以这么做就是为了让大家明白，不义之徒不配享有公正的待遇；但对于那些忠诚纯良之人，不论生死，我都要给他们荣耀。”

“墨诺扣斯之子，”首席长老说道，“您现在是我们的国王，如何处置生者和死者应该由您来决定，您有权按照您的意愿颁布法令。”

“那就要保证没人敢违反我的命令。”

“您总不能指望我们来监督法令的执行吧？应该把责任交给年轻人！”

“我已经这么做了，已经安排卫兵去看住那个尸体。”

“那您叫我们来是做什么呢？”

“如果有人胆敢违抗我的命令，我要求你们绝对不能给他任何帮助。”

“根本没人会这样行事——除非他想自取灭亡。”

“没错，这样做的代价就是死。不过这里还是有不少人错误地认为，这么做也许会得到好处。”

“陛下！”一个卫兵慌慌张张地跑了过来，“陛下，您看到我如此狼狈的样子，并非因为我喘不过气来。我一直犹豫不决，不知该不该告诉您，因为我怕您处罚我。但是后来我又想，如果克瑞翁通过别人知道了这件事，那我不是还要受到惩罚吗？所以我迈着沉重的脚步又折了回来，这条路本来不长，我却感觉总也走不完，我一直在犹犹豫豫，最后还是决定要告诉您，毕竟这是我命中注定的灾难，想躲也躲不过去。”

“到底什么事让你这么慌张？快说！”

“好吧，先要告诉您这件事不是我干的。我根本没看到是谁挪走了那该死的尸体！真不是我干的，不要惩罚我，我是清白的！”

“你想为自己开脱罪名？看来你有糟糕的事情要告诉我。”

“是的，很糟糕，所以我才这么害怕。”

“那就赶快讲，不然就马上从我眼前消失。”

“好吧，我这就告诉您。几个小时前，有人将波吕尼克斯的遗体埋葬了，而且还按照礼仪做了祭奠，可是我们根本就没看到那个人的影子。”

“你说什么？伙计！到底是谁有这么大的胆子？”

“这我真不清楚。我只知道对方没有用镐挖，也没有留下任何蛛丝马迹，早上我们去巡查才发现了异常，但我们一点线索也没有。尸体就这么不见了，我们过去后才发现它并没有被埋进坟墓里，只是被一层泥土盖住了。于是，卫兵们开始争吵，互相指责对方，每个人都声称对此一无所知。我以众神的名义起誓，就算用烧红的烙铁烫我们的手，把我们扔进炉子里烧死，我们也不敢做出那样的事情，而且我们没有发现任何可疑之人。长话短说吧！最后有人说必须得把这件事禀报国王，所有人都同意，可是没有人敢来。于是，我们决定抽签选出一个人来报信，而我抽中了。所以我现在才在这里，我知道您听到这消息一定会勃然大怒，因为没人会对坏消息笑脸相迎。”

“陛下，”首席长老说道，“我觉得不管发生了什么事，冥冥之中都是神的旨意。”

“给我安静，别让我对你发火！你竟敢用连小孩子都不会相信的话来糊弄我，更何况你是一个经验丰富的长老。这个人烧毁自己的宗庙，毁灭自己的城邦，侮辱自己的祖先，践踏神圣的法律，神怎么可能会饶恕他呢？难道你觉得神会给罪犯荣耀吗？不，让我来告诉你事情的原委吧！在这个国家里，总有一些人在背后嘀嘀咕咕，从不遵守法律和我的法令，他们必须要为此付出代价。没有什么比金钱更污浊的东西了，它们让城堡毁于一旦，让人民无家可归，它们蛊惑人心。无论是谁被买通做出这种胆大包天的事情，我都绝对不会放过他。你们都好好听着，听清楚我要说的话：我敬重万能的宙斯，如果你们不能找到埋葬波吕尼克斯的人，你们将不得好死。我会逼你们说出真相，让所有人得到一个教训：君子爱财，取之有道，而不义之财不会给人带来好处，反而会惹火烧身。”

“在我走之前，能让我再说一句话吗？”卫兵央求道。

“说什么？你想在我的伤口上撒盐吗？”

“我只会伤到您的耳朵，而不是您的灵魂。”

“那又是什么意思？”

“一个事实罢了，陛下，伤害您灵魂的是那个掩埋尸体的家伙。”

“你真是个多嘴多舌的家伙。”

“是的，陛下只要高兴，怎么说都行，但是违犯法令的人并不是我。”

“如果我说是你又怎样？”

“陛下，您要做出理智的判断。”

“现在你跟我兜起圈子来了？够了！我要进去了。如果我回来之前，你还没有把罪犯带来，我就要让你明白一个道理：受贿得来的钱财不是那么容易吞下去的。”

说罢，克瑞翁转身向王宫走去。

“我倒希望是我们做的，”卫兵小声嘀咕道，“真要是那样我们倒也走运，不管怎么样，别指望还能再见到我。多亏神灵的保佑，才让我这么轻易就能开脱，看来是离开的时候了。”

卫兵匆匆向长老们道别后就离开了。长老们再次吟唱了起来，不过这一次他们的歌声中充满了忧虑和疑惑。

大千世界无奇不有，
唯有人类最为稀奇。
他征服了汹涌的大海，
在波涛中所向披靡。
大地，你是最伟大的女神，
在他的犁下也无可奈何，
长出丰硕的果实哺育他们。
在他们智慧的力量之下，
整个动物界都为之臣服。
无论长角的、有蹄的、会飞的，
所有动物的生死都由他们决定。
他能开口说话，也会动笔写字，
在这神奇天赋的帮助下，
他建造了美丽的城市、
寺庙和纪念碑。
只要有斧凿在手，
顽石也能栩栩如生；
简陋的画笔在手，
就可以让秃墙生辉。
缪斯和美惠女神
都应声前来帮忙，

只要他喜爱或者热衷
音乐、舞蹈或是歌唱，
抑或是神圣的诗歌，
都可用优雅美好的技艺谱写。
人类，这创造者、指导者，
高唱着生命的赞歌，
歌声直达云霄。
只要他愿意，
就能让想象化为现实，
那么多辉煌文明的硕果，
却依旧不能让他远离罪恶，
他们轻易地，
由善良转变为邪恶。
我们悲哀地发现，
人类已经从巨人沦为侏儒。

“你们快看，那是谁？”首席长老大叫了起来，“卫兵又回来了，他还押着安提戈涅！啊，不幸的俄狄浦斯之女，你怎能无视国王的法令，做出如此鲁莽的事？”

“我们抓到犯人了，主人！我们在她掩埋尸体的时候抓住了她。你们知道克瑞翁在哪里吗？”

“他出来了，好像早就料到会这样似的！”

“料到什么？这是怎么回事？”

“陛下，因为害怕您说过的话，我差点儿就不敢回来。不过即使我发过誓，也要违反誓言把这个罪犯给您带来。人只有经历了死里逃生之后，才能体会到如释重负带来的喜悦。我想说这一次我们没费什么周折，我亲手把她抓住带来交给您。现在就看您的了，先审问这个女孩，然后再任由您处置。至于我，相信您之前的话还算数，我现在应该是功过相抵了。”

“你为什么要逮捕她？快说！”

“她就是那个想埋葬波吕尼克斯尸体的人。现在您应该明白了。”

“我不懂你在说什么？！”

“陛下，我是说她就是往波吕尼克斯尸体上盖土的那个人。我说得够明白了吧？”

“你在哪里看到她的？你是怎么抓到她的？”

“事情的经过是这样的：等我回到哨卡后，您的警告还在我耳边回响。我和其他卫兵一起去把盖在尸体上的泥土弄掉。清理完后，我们坐在石头上目不转睛地看着尸体，大家相互提醒，以免睡着了让罪犯再次得手。烈日高高挂在空中，忽然刮起了一阵狂风，就像神在发怒一样，平原上树枝被狂风扯断，天空中沙尘和落叶飞舞，风实在太大了，我们不得不把眼睛闭上。狂风刚刚平息，这个姑娘就出现了。她看到盖在尸体上的泥土没有了，就趴在尸体上哭了起来，就像刚刚返巢的金翅雀发现幼崽不翼而飞了一样。她嘴里咒骂着那些把她兄长挖出来的人，然后又用手捧着泥土撒在尸体上，而且还把铜壶里的酒撒在上面。没等她完成祭祀，我们就冲过去把她抓住。我们审问了她，她对做过的一切供认不讳。如果不是为了保全自己，我真不想抓她，因为看到自己喜欢的人受苦，也是一件让人难过的事情。所以，尽管我很抱歉，我还是把她带来了。毕竟我先要救自己的性命，这才是最要紧的事情。”

“嘿，你！”克瑞翁大叫了起来，“你如此顺从地低着头，是承认自己犯下的罪行，还是说你想否认？”

“我不想否认，事实就是如此。”

“卫兵，你可以走了，你之前的罪责也都一笔勾销。安提戈涅，告诉我，你

怎么敢做出这种事情？别找借口说你不知道这件事是被禁止的，不知道这样做将要付出什么样的代价。”

“我知道。我之所以这么做，是因为它既不违反宙斯的禁令，也不违犯正义之神的法令。让我无法理解的是，一个凡人下的命令竟敢践踏神灵永恒的不成文天条。我不能违背这些正义永恒的法令，所以我选择直面尘世的惩罚。如果我因此而死，我会把它当成一种解脱，因为我的一生充满了太多的痛苦和煎熬。如果不埋葬哥哥的尸体，我的内心永远要遭受双倍的折磨。如果我的行为对于一个热衷于触犯天条的人来说是愚蠢的，那我又有什么好怕的？”

“这个女孩固执得像一块石头，”一个长老说道，“跟她父亲一样，明知灾难已经近在咫尺，也丝毫不愿做出让步。”

“你们很快就会看到，到了不得不屈服的时候，越是骄傲的人，受的羞辱越大，”克瑞翁说道，“越坚硬的东西越容易折断，如同铁和钢的关系。铁很脆容易断裂；而钢则不容易断，因为它能够弯曲。不羁的马匹遇到缰绳也只能乖乖顺从，弱小的人不能和强有力的人对抗，因为大人物有权力作后盾。现在她就站在我的面前，违犯了法律，却还要傲慢无礼地在我面前炫耀自己的行为，好像她和我有着同等的地位，也许她认为她才是这个国家的王，而我不是！如果我不惩罚她，她一定会这样想。所以，即便她是我姐姐的女儿，是我最亲近的人，我也不能对她从轻发落。伊斯墨涅肯定是她的同谋，把她也押上来。我看见，她听说哥哥不会被安葬后泪流满面。这些密谋违犯法令的人很容易被识破！”

“你还嫌自己的罪孽不够深重吗？难道处死我还不能让你满足吗？”

“别多嘴了。等做完这些，这件事才算了结。”

“那你还等什么？既然你那么想置我于死地，就快动手吧！还有什么事情能让我赢得这样的赞扬和荣誉呢？埋葬自己的哥哥是我的责任——一个被愚蠢的统治者禁止的责任！我相信大家也都会这么说，恐惧堵不住人们的嘴巴，这就是暴君的弱点——他只会一意孤行，刚愎自用，根本不知道倾听民众的呼声。”

“你竟敢口出狂言，你可知道自己已经成为忒拜人的公敌了吗？”

“虽然他们沉默不语，但是所有人都赞成我的做法。他们不说，是因为害怕激怒你招来灾祸。”

“难道你没有发现自己的行为和这些睿智的长老格格不入吗？”

“我埋葬的是自己的哥哥，又不是他们的。”

“难道厄忒俄克勒斯不是你哥哥吗？你怎么能厚此薄彼呢？”

“就连你口中的厄忒俄克勒斯也不会这样说的。”

“他们抓你的时候，你正在为波吕尼克斯流泪。”

“他是我哥哥，又不是一条流浪狗！”

“他是一个叛徒，而厄忒俄克勒斯是一个爱国者。”

“在阴间，所有的逝者一律平等。”

“一个人不可能既支持正义，又帮扶邪恶。”

“在冥界，这些没什么区别。”

“敌人即便死了也不会变成朋友。”

“我是他们的妹妹，我生来就要爱他们而不是恨他们。”

“那你就在坟墓里好好爱他们吧！只要我还活在世上一天，就不会让女人说了算。”

“伊斯墨涅来了！”一个长老喊道，“她泪流满面，可爱的脸蛋上满是阴霾。”

“你给我过来！你这条毒蛇，竟然要吸我的血。真没想到，在我自己的宫殿里，竟然养着一对密谋反叛的毒妇。给我过来，你是承认自己也参与了这件事，还是发誓自己是清白的？”

“没错，我也参与了，我愿意一起承担责任。”

“妹妹，你根本就没有参与。你根本没想去，我也没让你去。”

“我怎么能让你独自承受如此厄运，我什么都不想否认，我要陪在你身边。”

“鬼神都知道这件事是我一人所为，我不需要你口头上的声援。”

“不只是口头上的声援，我想和你共赴黄泉，一起给死去的哥哥尽责。”

“我既不想看到你送命，也不想让你承担莫须有的罪责。我一个人死就足够了。”

“如果你死了，我一个人苟活在世上还有什么意义？”

“去求克瑞翁吧，你不是很在意他吗？”

“姐姐，你说出这种令我痛心的话，你能得到什么？”

“难道说这些话不会让我也感到痛心吗？”

“我还是想帮你。”

“如果你能活下来，就是帮我了。”

“让我和你一起分担厄运吧！”

“不，你已经选择了生，而我选择了死。”

“你为什么偏偏要这么做呢？”

“因为我必须这么做，那些在阴间的人也会为我的行为喝彩的。”

“我们应该承担同样的责任，我们都爱我们的哥哥。”

“伊斯墨涅，你还活着，我却生不如死。勇敢点儿，妹妹。”

“她们都疯了！”克瑞翁嚷道，“一个才刚刚疯掉，另一个一生下来就是个疯子。”

“当一个人悲痛欲绝的时候，理性就会随风而去，”伊斯墨涅回应道，“没有姐姐，我活着还有什么意思？”

“忘记她吧，她早已死去！”

“天呐！你难道要杀死自己儿子的未婚妻？”

“世上从来就不缺少女人。”

“难道你要用死亡拆散这对恩爱的伴侣吗？”

“我可不想让我儿子娶个叛国者为妻。”

“啊，海蒙，你父亲要害你失去挚爱！”

"闭嘴！别再提这桩婚事！"

"你真的要拆散这对相爱的人吗？"首席长老追问道。

"够了！她的死，会给这桩婚事画上句号。"

"唉！事已至此，无法挽回了。"

"这是你们、我，还有全城人的选择。把她带进去，看好她，即使最勇敢的人也想在厄运面前挣扎。"

一声叹息之后，长老们的歌声再度响起。

幸运，让世上有些人
从未尝过苦难的滋味。
当神灵将怒火向他们发泄，
厄运就会像闪电般降临，
如同巨浪打向一叶扁舟，
强劲的北风狂怒般袭来，
海岸在冲击下痛苦呻吟。
灾难让三代人不得安宁，
厄运袭向拉布达科斯家族，
每一代家族成员，
依次落入命运的陷阱。
现在，零星的希望之火刚刚出现，
复仇女神就将它熄灭，
哈迪斯也在磨刀霍霍。
啊，宙斯，没人能与你的威严抗衡。
全能的睡神对你束手无策，
时光之神也无法给你留下痕迹。

啊，宙斯，你是这世界永恒的统治者，
在高耸入云的奥林匹斯金殿上，
你的意志从未改变：
在这世上，凡是功成名就的人，
无一不经历过不幸、苦难和痛苦。
希望的甘泉让很多人得到安慰，
但大多是海市蜃楼，
将人们所有的期盼化为泡影。
一个智者曾经说过：
那些神要让毁其心智的人认为，
邪恶是大有裨益的。
海蒙来了，
他是最小也是最受宠爱的王子，
他的脸上愁容满面，
显然他已知晓刚刚发生的一切。

“父亲，”海蒙一见到克瑞翁就说道，“我是在您英明的教导下长大的，您的教诲我时刻铭记于心。我总把您的意见放在第一位，其次才会考虑自己的婚姻。”

“说得好，海蒙。子女应该时刻把父亲的话放在首位。只有得到子女的忠诚支持，他的敌人才会害怕，他的朋友才会从中受益。唉，一个人最大的悲哀莫过于儿女一事无成，那样只会带来无尽的麻烦，还要遭受旁人的欺辱。记住我的话，免得受某些毒妇蒙骗。一个恶毒女人的拥抱不会温暖你的心，相反，只会让它更加冰凉。在这世界上，最难受的莫过于有一个糟糕的伴侣。所以忘记那个女孩，让她嫁给哈迪斯吧！她是全城唯一敢藐视我法令的人，而且我也不会蠢到要收回成命。我已经给出过警告，也不会改变决定。

“如果我对自己的家人仁慈，很快就会有更多人胆敢违抗我的命令；如果我秉公执法，对所有人一视同仁，大家就会知道我是一个公正的人，只要有人敢违反我的意志和法律，就没有好结果。一个城邦选择了统治者，无论事情大小，无论对错与否，所有人都必须遵守他的决定。只要是对大众有益的，即便是引火烧身也在所不惜，只有这样人民才会始终臣服于他。只有法律才能拯救国家，一旦失去了法律的支撑，国家的根基就会动摇，房屋摇摇欲坠，军队蠢蠢欲动。所以，我们必须坚定维护法律的尊严，不能在它面前摇摆不定，尤其对那个心存侥幸的女人。如果我要面对的是一个男人，情况也许会不一样；现在我面对的是一个女孩，但我绝对不会让世人说因为是一个女孩，我就会让步。”

“父亲，神让人学会思考，这是人类拥有的最宝贵的财富。我从不认为您有什么过错，但其他人可能不是这样想。作为您的儿子，我应该留意别人对您所作所为的看法，以免别人有指责您的理由。忒拜的父老乡亲见到您就心惊肉跳，所以没有人敢当面指出您的过失。但是我知道大家在背后是怎么议论您的，看来我不得不说给您听了。父亲，事实上所有人都在为这个少女落泪，人们说她因为高尚的行为而被处死很不公平。他们说她埋葬了自己的哥哥而没有将他丢给野兽，这件事本身就值得称道，而不应该被处以死刑。父亲，对我来说，最欣慰的事情莫过于能看到您愉快地统治国家，而您的臣民对您心悦诚服，还有什么能够比父亲的好名声和好运气更让人高兴呢？可是，此时此刻您正在丧失民心，作为儿子我有义务告诉您，不要一意孤行，因为人一旦觉得只有自己正确，其他人的勇敢和智慧都比不上他，久而久之就会发现他自己是空虚的。一个明智的君主要不耻下问，没有人会永远不低头。只有那些能够在疾风激流前低头的树木才能生存下来；反之，则会被连根拔起。对于船只来说也一样：在狂风巨浪中，如果船长下令拉紧绳索，整艘船就难逃倾覆的厄运。我知道我比您年轻，但我也会明辨是非。所以我劝您消消气，收回您的命令吧！没有人生而知晓一切，我们所有人都会犯错，忠言逆耳，良药苦口啊！”

“陛下，”首席长老说道，“如果您认为儿子说得有理，那就想想他说的话吧！而你，年轻人，如果你父亲说得有道理，你也该认真思考一下。”

“难道我们这些老人还要受一个娃娃的教训不成？”

“父亲，只是为了让您认清对错。如果我所说的是对的，就不要太在意我年纪的大小。”

“这么说，尊重一个罪人是对的喽？”

“我从不这么认为。”

“难道这个女孩是清白的吗？”

“城里的人们都是这么认为的。”

“也就是说，我应该听从全城人的指挥，对吗？”

“您这么说就有些意气用事了，这个城邦不仅是您的，也是所有公民的。”

“那我算什么？”

“只有统治荒漠的君主，才不需要考虑别人的意见。”

“这么说，年轻人，你选择站在妇人的一边了，是吗？”

“我对您忠心耿耿，我不认为您是个妇人。”

“你竟敢戏弄我，无礼的家伙！”

“如果我让您难堪了，也是因为您的不公正让我心碎了。”

“我只是尽了一个君主的责任，怎么会是不公正呢？”

“您的所作所为已经触犯了天条。”

“可怜的杂种，你已经成为她的奴仆！”

“我是不会屈服于您罪恶的法令的。”

“我猜你这么说都是为了她吧？”

“是为了您，也是为了我，还为了冥王哈迪斯。”

“那就记住我说的话，牢牢记住我说的每一个字：她必死无疑。”

“如果她活不成了，还有一个人要随她而去。”

“你这是在威胁我吗？”

“我才不会去威胁一个失去理智的人。”

“你真该让我早点儿知道，也许我可以从你这里得到一些启示。”

“您要知道，听听双方的意见并没有坏处。”

“这是你要说的最后一句话，对吧？那好，我向奥林匹斯诸神发誓，你要受到法律的制裁。立刻把那可恶的女孩给我带过来，我要让她死在你面前！”

“别以为我会袖手旁观，你永远不会再见到我了。到那时候你就不会对着那些耐着性子听你咆哮的人发号施令了。”

说完，海蒙愤然转身离去。

“陛下，”首席长老说道，“他已经失去了理智，我担心他做出什么傻事。”

“无论他做什么，都救不了那两个人。”

“您是说那两个人都要处死吗？”

“不，我还不至于那么不讲理，那个埋尸的必须处死。”

“那您准备怎么让她死去？”

“我要把她关到一个深洞里，只留下一点儿食物，这样即便她死了也和我们无关。让她乞求冥王的怜悯吧，那不是她唯一笃信的神灵吗？虽然为时已晚，但到那时她就会明白尊敬死者胜过尊重生者的人，将会得到什么样的下场。”

说完，克瑞翁转身返回了王宫。合唱队的长老们对安提戈涅和海蒙的遭遇感到十分惋惜，他们开始唱起了对不朽爱情的赞歌。

爱，你魅力无限。
爱，你无所不能。
你，注视着漫漫星空下
少女柔和而美丽的面颊；

你，跨越汹涌的大海，
来到简陋的小屋中，
无论不朽的神灵抑或凡夫俗子，
都无法挣脱你的魔力。
一旦你取得胜利，
就会让人变得意乱神迷。
你，让正义变成不义，
你，让父子反目成仇。
对少女的爱战胜了一切，
这是阿佛洛狄忒的伟大胜利，
人人都不能违背自己的天性。
天呐！他们正挟持着那少女，
死神正一步步走向安提戈涅。
而我们却不能为之哭泣，
苦涩和悲伤压在我们的心头。
“公民们！”少女喊道，
“我已踏上黄泉路，
它会带我去新的归宿，
这是我最后一次面对东升的太阳。
我忠实地完成了自己的使命，
遗憾啊！我还是一个待嫁的新娘，
就要只身前往冥界，
去和哈迪斯同眠。”

你为光荣而死，高尚的少女。

没有疾病让你的花容凋谢，
没有刀剑摧残你的娇躯，
可你的苦难，无人能想象。
现在你已踏上黄泉路，
你埋了兄长，自己也要被埋葬，
父母的罪孽要你来偿。

“我们家族的命运可真黑暗！
亲爱的父亲，慈祥的母亲，
你们罪恶的婚姻将我生下，
我来了，我来和你们团聚；
我就要来了，哥哥，
我们很快就会在冥府见面，
我很快就能和爱我的人团聚。
快看，国王克瑞翁来了！
我的生命火焰即将熄灭。”

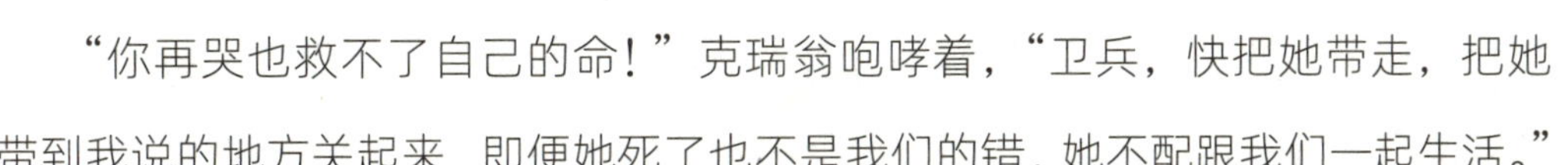

“你再哭也救不了自己的命！”克瑞翁咆哮着，“卫兵，快把她带走，把她带到我说的地方关起来，即便她死了也不是我们的错，她不配跟我们一起生活。”

“啊，坟墓，我的洞房，
我深埋在地下的新房，
是带我直通冥府的门廊
——我深爱的家人生活在那地方！
可我的心还在隐隐作痛，

我还没听到过婚礼的乐章，
也从未听过婴儿甜美的哭啼。
凡人认定我罪不可恕，
只因我埋葬自己哥哥的尸骨。
如果这就是我犯下的罪行，
冥府判官就会声明；
如果我蒙受了凡人的不公，
请让他们也落得同样的下场。”

“我们为何要忍受这些？”克瑞翁怒吼道，“在你们哭之前，赶紧把她带走！”

“唉！我的命运主宰着我！
哦，我们的天父，快看！
还有你们，忒拜的长老们，
对一个尊敬自己父兄的公主下手，
看看这是谁的旨意，又将是怎样的结局。”

“够了！”克瑞翁厉声喊道，他已经快被气疯了。卫兵把安提戈涅押走，长老们的歌声再一次响起。

这便是达娜厄的不幸：
被囚禁在坟墓般的铜箱里，
生活变得暗无天日。
虽然血统高贵，却也在劫难逃，
即使她身怀宙斯之子，

也难逃命运的无常。

命运女神功力无敌，

无论是财富还是武力，

巨石堆砌的城墙还是所向披靡的战舰，

都无法逃出她的手掌。

“快看，”长老们突然喊道，“一个男孩子正扶着泰瑞西阿斯朝这边走来，他是通晓一切的盲人先知。”

“你带来了什么消息，泰瑞西阿斯？”克瑞翁询问道。

“我会告诉你们的，你们只需侧耳倾听。”

“我一直很看重你的建议，睿智的先知。”

“这就是你能够统帅整个城邦的原因。”

“我始终认为你帮了我很多忙。”

“但是现在，克瑞翁，你正在刀尖上跳舞。”

“你的话令人不安。请你解释一下。”

“等我告诉你已经出现的种种迹象，你就会明白。当时我正在聆听鸟儿预言的鸣叫，汲取我预知的能力，忽然鸟儿愤怒的叫声和疯狂的翅膀拍打声传进我的耳朵，仿佛有一群乌鸦正用利爪撕扯什么东西。我非常害怕，就问这个孩子祭坛上有没有出现什么异象。令人心惊胆战的一幕发生了——祭坛上的火苗已经熄灭，油脂从祭品的大腿骨中流出，肉块发生了爆裂，碎肉直冲天空。祭畜的内脏四散开来，肉向上翻卷着，露出下面嶙嶙的白骨。我发现这种异象全城都在出现，不幸的俄狄浦斯之子的血肉淤塞了灶台和祭坛，他的身躯正遭受着秃鹫和豺狼的啃食。神灵不再接受我们的祭品，祭坛中只有烟雾，没有火焰，鸟儿们的啼叫声我也无法理解了。但解释起来倒很简单：它们吃到了未经埋葬的人的血肉。陛下，你必须决定接下来应该怎么应对。人都会犯错误，及时纠正还不算晚，顽固不化只会错上加错。别再跟死人较劲，这并不能证明你的强大。再说，接受劝诫也不会降低你的身份。”

“老家伙，好像你们所有人都把矛头对准了我，这不是第一次有预言家对我指指点点。我太了解你们这些人了，你们不过就是一群商人！萨迪斯运来的银子、印度运来的金子，无论什么宝贝，只要有利可图，你们都会拿到这里售卖。无论怎么样，你们都不能埋葬他！我不管天父宙斯的神鹰是否会将他的皮肉带到奥林匹斯山，也不管他们会不会玷污天父的宝座，因为我知道神灵是不会受到玷污的。泰瑞西阿斯，我告诉你：如果邪恶的人用他的巧舌为自己赚取钱财，他终究要面临邪恶的结局。”

“克瑞翁，我对你没别的话要说，我只想问你：你知道人类拥有的最珍贵的财富是什么吗？”

“这里你最有智慧，你为什么不直接告诉我们？”

“别那么不讲理，陛下。”

“正如愚蠢是人类最无用的品质一样。”

“不幸的是，你的愚蠢已经非人能比了。”

“要不是看在你是预言家的分上，我早就对你不客气了。”

“难道你现在不正在这么做吗？”

“那就说明我做得对。你们这些江湖骗子就是想要钱罢了。”

“是的，我们只不过在效仿我们尊贵的统治者罢了。”

“别忘了你在跟谁说话！”

“我怎么可能忘记——我也没有忘记你是在我的帮助下才拯救这个城邦的。”

“与其说你是一个聪明的预言家，倒不如说你是一只狡猾的狐狸。”

“随便你怎么说吧！你正在强迫我说出本不该说出来的预言。”

“尽管说吧！你别指望能从中得到什么好处。”

“很好！不消多少时日，你就会因为你的愚昧和固执而失去至亲之人。你把

活人丢弃在坟墓里，又将属于阴间的人暴尸不埋，你犯下了最不敬、最邪恶的罪行。这种罪即便是奥林匹斯山的众神也不敢犯，何况你只是一介凡夫俗子。准备迎接复仇女神的惩罚吧！你把灾难和不幸施加给了别人，她们也会同样施加给你。好好想想吧，与你说这些不能给我带来什么好处！克瑞翁，时辰马上就要来到，很快你就会听到从家里传来的阵阵哀号，这都是你把死者丢弃给野兽和秃鹫的报应。你说我把矛头对准你，那我已经把长矛举起。神灵在上，谁让你如此无礼地挑衅我。伟大的克瑞翁，现在你要伤心到极点，你在劫难逃。来吧，孩子，送我回家，让这个家伙朝年轻人吼去吧！最终他会明白怎么去克制自己，保持理性。”

“陛下，预言家走了，他的话让我们胆战心惊。在我们的有生之年，还从未听他撒过一次谎。”

“我明白，现在我也心烦意乱。不过我已经走得太远，没有退路了，我害怕突如其来的灾难将要摧毁我的傲气。”

“墨诺扣斯之子，是该冷静地想一想了。”

“接下来该怎么办？我会听从你们的建议。”

“赶快把那个姑娘从坟墓里救出来，再把那个尸体体面地安葬。”

“你是说我应该收回自己说过的话吗？”

“没错！还要快，趁宙斯的怒火还没有降临于你。”

“天呐，看来我也别无选择，我必须照你说的去做。”

“你要尽快，厄里倪厄斯的脚上可长着翅膀。”

“违背自己的初心可真难，可现在也是迫不得已。”

“要赶快！别派别人，你得亲自去。”

“快来人！带上铁锹跟我去那个洞穴，是我把她囚禁在那里的，我必须亲手把她放出来。这是我的义务，我早应该虔诚地尊重神灵不成文的法令。”

说完，克瑞翁带着仆人离开了。合唱队长老的歌声再次响起：

啊，万能的宙斯之子，
卡德摩斯女儿的健硕子孙，
亚克斯、狄俄尼索斯，
还有其他什么名字，
人类和神灵都这样称呼你们；
你是艾留西斯的统治者，
意大利著名的守护神，
你是忒拜的荣耀，
是她笃信的神和至高无上的主人，
你领着女祭司们翩翩起舞。
有时闪现在伊斯墨诺斯河畔，
有时出现在卡斯塔利亚泉水旁，
在帕尔纳索斯山的双峰下，
在忒拜的田野里，
那里散落着巨龙的牙齿。
我们向您跪下，我们的神，
我们祈求您，
啊，酒神，狄俄尼索斯，
求您向我们伸出援手，
救救辉煌的忒拜，
如今您的城市陷入了邪恶的泥沼，
快来吧，主人啊，莫耽搁！
快来，救我们于水火。

长老们的歌声刚刚落下，一个惊恐不安的信使跑过来告诉他们说：“老卡德摩斯的后代，声名显赫的安菲翁子孙们，大家听我说，人世间本就变幻无常，命运女神主宰着人的命运。上一秒她捧你高耸入云，下一秒就让你跌入谷底。谁能料到克瑞翁的命运将会走向什么样的结局？前一刻他还享受着名望和财富，沉浸在家庭和孩子的天伦之乐中，而这一刻就听到他已经坠入谷底。人一旦失去所有让他快乐的东西，那剩下的就是一具行尸走肉。我决不会用幸福去交换财富与王权。”

“你这个开场白听起来像是大凶之兆啊，我很害怕！来吧，快告诉我们：国王到底遭到了什么不幸？”

“死神来到了他的家里。”

“谁死了，怎么死的？快告诉我们。”

“海蒙自杀了。”

“为什么？快告诉我们。”

“看到安提戈涅死了，他悲痛欲绝。”

“哦，预言家，你的预言真是千真万确！快看，王后欧律狄刻出来了，她知不知道儿子的死讯？”

“不幸的忒拜公民们，我已经得到了消息。听到这个噩耗，我马上就昏了过去，幸亏还有侍女的搀扶。我拼命让自己打起精神来这里，因为灾难已经不是第一次降临，我必须了解事情的全部真相。”

“夫人，我刚好在场，我要把知道的一切都告诉您，决不隐瞒，因为用语言安慰人是徒劳的，现实很快就会戳穿谎言。当时，有人把您丈夫领到停放波吕尼克斯尸体的地方，我跟着他们一起去的。由于尸体被扔在野地里，遭到野狗的啃食，所以我们心里都十分害怕，祈求哈迪斯和赫卡特不要因此而迁怒于我们。我们用清水把尸体清洗干净，又把它放在新鲜的柴堆上焚烧，最后在骨灰上堆起了一座坟头。之后，我们就赶往关押那个姑娘的地方。看守洞口的卫兵跑过来告诉克瑞翁说，他听到洞里面传来一阵阵痛苦的叫声。国王赶紧跑了过去，这时我们听到洞里又响起了让人心碎的哭泣声，同时还夹杂着模模糊糊的说话声。

“突然，克瑞翁大叫了一声，双手痛苦地捶打着自己的胸口。‘那是我儿子的声音！’他喊叫道，‘你们快去看看，看看我儿子到底在不在里面，是不是众神在捉弄我。’我们循声走过去查看，发现堵在洞口处的石头已经被移开，洞里面的悲惨景象顿时映入了眼帘：姑娘用她的面纱上吊自杀了，您儿子正抱着她痛哭，嘴里还咒骂着自己的父亲，说正是因为他才酿成了这场惨剧。克瑞翁看到儿子后，朝他大声喊道：‘你怎么在这里，我可怜的孩子？！快出去，别干傻事，父亲给你跪下了。’

“只见海蒙一言不发，朝他父亲的脸上猛啐了一口，然后拔剑刺向他的父亲。国王闪身躲了过去，接着，海蒙用尽全力把剑刺入自己的身体中。就这样，生命渐渐从他的身上流逝，这个可怜的孩子紧紧抱着姑娘的尸体，但仅支撑了片刻，便慢慢松开双手，倒在姑娘的脚下死了。这就是海蒙与安提戈涅在阴间举行的婚礼，希望这孩子的疯狂能给我们所有人一点儿教训。”

欧律狄刻沉默地听着，听完事情的整个经过后，她转身跑回了王宫。目睹她异样的举动，长老们都很吃惊。首席长老说道：“我不知道王后为什么一言不发，我真的觉得很害怕。”

“我也不清楚，”送信的人说道，“也许她不想当着我们的面为儿子而难过，只想独自一人痛痛快快地大哭一场。但是无论怎样，我相信王后总有她的理由，她又不傻。”

“她的沉默要比号啕大哭更让人揪心。国王回来了，从他的眼神中，你能够看到他为自己带来的痛苦。”

“天啊！”克瑞翁大喊道，“我可真是罪孽深重！我的双手沾满了自己的鲜血！啊，我可怜的孩子，是我的固执害了你，让你的花样年华提前凋零。我的骄傲，我的挚爱，我的宝贝儿子啊！”

“不幸的人！你怎么到现在才醒悟啊！”

“唉，肯定是神灵嫉妒我美满的生活，让我昏了头，做出鲁莽的决定，凡人的痛苦可真是让人难以忍受啊！”

“国王！”一个卫兵突然从王宫里面冲出来大声喊道，“不幸再一次降临了！”

“不！不，算我求你！难道发生在这个家里的不幸还不够多吗？！”

“王后自杀了。”

“啊，不！这不可能！为什么，宙斯，这是为什么？”

“因为王后承受不了丧子之痛。”

“啊，哈迪斯！你竟然这样撕碎我的心！你还要让我死上几次才满意？也许是我刚才听错了。卫兵，你说什么？那不会是真的！”

“您自己看吧，王后的尸体被抬出来了。”

“打击一个接着一个向我袭来，我快撑不住了。片刻之前我刚抱着死去的儿子，现在我又看到妻子的尸体躺在这里。我最亲爱的，你为什么要这么做？”

“她一遍又一遍地诅咒你，说你是杀死她儿子的凶手，说家里的所有不幸都因你而起，然后她用匕首捅向了自己。”

“天呐，她说得对。是我，是我一个人，全都是我的错。这件事怪不了别人，也怪不了神灵。儿子，是我害死了你，是我害死了你的心上人，然后又害死了你的母亲。我真是个卑鄙的畜生！快把我赶走吧，赶得远远的，我已经一无所有了。”

“那可能是在种种厄运中唯一留给您的好路，”首席长老说道，“如果您还想活在自掘的坟墓中，就要遭受更多的不幸。”

“我宁愿现在就去死。让死神用最悲惨的方式结束我的生命吧！我不想再活下去了，快带我走，我竟糊涂到害死自己最爱的亲人，还把最可怕的不幸带给了自己。”

“啊，理智！”合唱队唱道：

啊，理智！
只有你能带来美满的幸福。
人人要遵守不成文的法令，
更应该时刻对神灵保持虔诚。
天啊，真是荒唐！
都是因为你的固执和亵渎，
才带给你自己如此深的伤痛。
吃尽苦头，付出代价，
才能发现理智。
唉，为时已晚。